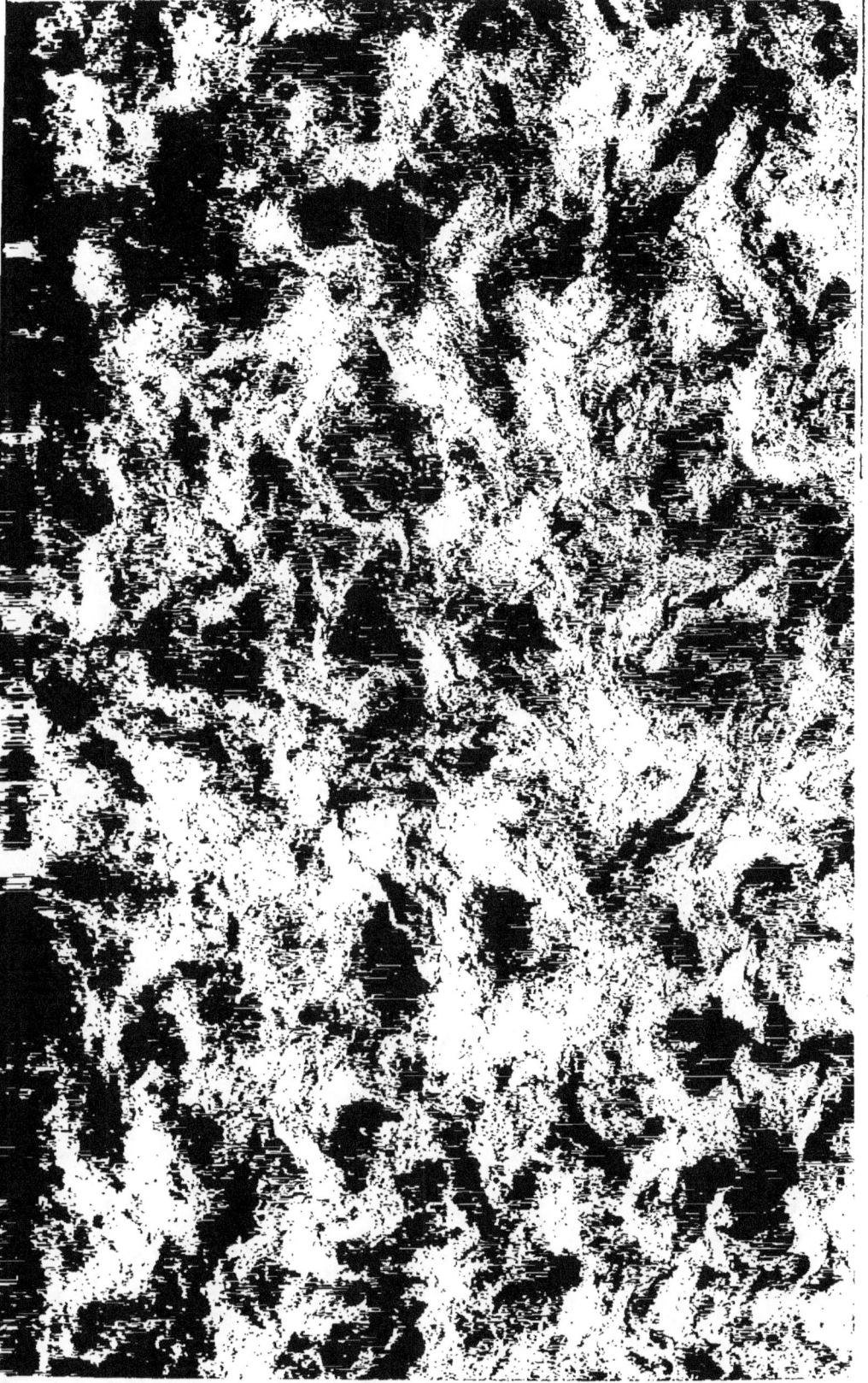

ALBÉRIC GLADY

MALE

ET

FEMELLE

PARIS

LIBRAIRIE DU XIXᵉ SIÈCLE

GLADY FRÈRES, ÉDITEURS

10, RUE DE LA BOURSE, 10

1876

MALE

2019

ET

FEMELLE

ALBÉRIC GLADY

MALE

ET

FEMELLE

NON GLADIO GLADY

PARIS

LIBRAIRIE DU XIXᵉ SIÈCLE

GLADY FRÈRES, ÉDITEURS

10, RUE DE LA BOURSE, 10

1876

MALE ET FEMELLE

I

Georges Sioul est né en province, dans une petite ville de quelques milliers d'habitants ; il était fils d'un honnête négociant, peu éclairé sur les difficultés et les nécessités de la vie.

Tout jeune, son père lui laissa, comme on dit vulgairement, la bride sur le cou.

« Tu feras, lui disait-il souvent, ce qu'il te plaira. »

Homme faible par excellence, ce père ne donna aucune direction sérieuse à cette nature ardente, et la laissa croître à son gré !

Sa mère s'occupa plus de lui. Mais femme pieuse à l'excès et imbue des principes religieux, elle essaya de faire de son fils plutôt un dévot qu'un homme ; et, au lieu de montrer à son enfant la vie vraie et réelle, elle fit tout ce qui dépendait d'elle pour développer en lui les sentiments religieux qu'il n'avait pas et qu'il n'eut jamais.

La nature fait bien ce qu'elle fait et n'aime pas à être contrariée. On a beau faire, on ne parviendra jamais à nous détourner de la voie qu'elle a tracée à chacun de nous.

Nous naissons poëte ou musicien ; et, aussi risible que cela puisse paraître, j'affirme qu'on naît épicier.

L'enfant est une plante que les parents doivent soigner, comme s'ils avaient peur qu'elle ne vive pas. Il faut s'occuper et s'inquiéter de son enfant comme de la première bouture venue : lui donner les aliments qui lui conviennent, l'aider dans sa croissance, l'étudier toujours, le comprendre si l'on peut, et le deviner surtout. Que d'hommes sur la terre ne réussissent pas et sont toujours malheureux par la faute de leurs parents !

Il plaît à un père de faire de son fils un médecin et il le fait, sans savoir si cette carrière conviendra, plaira à son fils ; mais l'amour-propre paternel est satisfait.

On fait ambitieux souvent des hommes qui ne le sont guère : tel qui est un très-mauvais négociant eût fait un excellent laboureur !

Voilà pourquoi il y a dans la vie tant de dévoyés qui se considèrent comme déshérités, et qui en veulent à cette pauvre société qui n'en peut mais !

Je me résume : on aime trop ses enfants pour soi, et pas assez pour eux.

Revenons à Georges Sioul. Sa mère, en essayant de faire de lui un homme d'Église, en faisait un ignorant, au moins des choses de la vie. En voulant lui faire détester les plaisirs de la terre et lui faire aimer les joies du ciel, elle atteignit le contraire de ce qu'elle désirait.

L'enfant grandit et n'aspira qu'aux joies du monde.

Son père lui laissant libre carrière, il secoua bien vite le joug que sa mère croyait avoir sur lui et demanda à quitter le foyer paternel, — à partir.

— Et où veux-tu aller, grand Dieu! lui demanda sa trop bonne et infortunée mère.

— Voyager! répondit-il crânement.

Le malheureux! pensa la pauvre mère. Mon fils est perdu! Perdu pour elle, peut-être, mais pour lui?...

La fin de ce récit nous l'apprendra.

Il avait seize ans à peine, il partit.

II

Comme il se l'était promis, il voyagea.

Il visita les grandes villes de France et de l'Étranger.

Il menait une vie tranquille, sérieuse même, d'aucuns diraient exceptionnelle pour son âge.

En effet, son but en voyageant était plus de se former, de faire de lui un homme en un mot, que de chercher à se faire une carrière qui devînt sa position.

Les maigres rentes que lui faisaient ses parents suffisaient amplement à son existence.

A l'exemple de Giboyer, qui pour faire vieillir son fils, le faisait voyager, il courut de ville en ville, étudiant, autant qu'on peut étudier à cet âge, mais pensant et réfléchissant comme on ne le fait guère quand on est si jeune.

Son instruction laissait beaucoup à désirer ; il savait à peu près ce que l'on exige dans les colléges de province et autant qu'on peut en savoir avec un père comme le sien qui ne s'inquiétait guère

de son éducation instructive et une mère
qui à l'exemple des orthodoxes ne cessait
de lui dire : Va, mon enfant, tu en sauras
toujours assez.

Son ignorance parfois l'irritait fort et lui
faisait faire, à part lui, des réflexions qui
ne manquaient pas d'un certain esprit
paradoxal.

Ainsi, par exemple, se disait-il : « Je
connais de l'histoire de France presque par
cœur le règne de *Mérovée* et de *Clodion*
et j'ignore absolument le règne de *Char-
les X* et de *Louis XVIII;* en géographie,
je sais que le cap Nord-Kyn est au nord de
la Suède, que le mont Hymalaya est en
Asie, et je serais bien embarrassé de dire
où le Cher prend sa source, et dans quel
département se trouve Trouville.

Je traduirais assez passablement une stro-
phe d'Ovide, je réciterais quelques racines
grecques, sans être repris, et pour écrire
le français je ferais des fautes d'orthogra-
phe. »

Convenez que ces raisonnements ne manquaient pas d'un certain sens pratique.

Il passait une grande partie de son temps
à lire, à penser et surtout à réfléchir sur
la réalité de la vie.

La lecture occupait presque en entier
toutes ses soirées.

Il se trouvait si ignorant qu'il s'instrui-
sait le plus possible.

Quatre années se passèrent ainsi.

Il habitait Lyon depuis deux années con-
sécutives quand, instinctivement, il se
sentit attiré vers Paris.

On lui en avait dit tant de bien et tant... de mal, qu'il avait réservé la capitale des capitales pour la fin de ses pérégrinations.

C'est là, s'était-il dit souvent, qu'il faudra que je m'arrête, que je vive.

III

Il avait vingt ans quand il arriva à Paris.

La vie que l'on y menait l'étonna d'a-
bord, puis il s'y fit et par la suite il l'aima.

Au contact des gens qu'il fréquentait
(quoique très-circonspect à l'égard des soi-

disant amis que l'on rencontre), l'ambition le prit.

Il devint ambitieux, comme on devient amoureux, tout d'un coup.

Vivre de cette grande vie, se faire un nom ! être quelqu'un ! briller ! être riche ! opulent ! Avoir un bel hôtel ! de beaux apparte-ments, de beaux chevaux ; que sais-je ? toutes les délices de Capoue envahirent son ima-gination. Les Mille et une Nuits lui paru-rent pouvoir devenir une réalité.

Ce jour-là, il réfléchit beaucoup ; toute la nuit il fut agité, il se tourna et retourna dans son lit, qui sait combien de fois !

Mais, se disait-il, que faire ? oui, que faire ?

Il voulait bien devenir riche, mais aussi être quelqu'un. Il tenait absolument à ac-quérir honneur et argent ; l'argent sans l'honneur il ne pouvait en entendre parler. La fortune acquise par le bénéfice d'un objet quelconque acheté un louis et revendu deux, ne lui allait pas.

Gloire de boutiquier ! disait-il, honneur de bourgeois ! triomphe des denrées plus ou moins coloniales !

De l'or, oui, mais de l'or bien propre, bien jaune, bien brillant et qui ne sente pas la mélasse surtout ; et, à l'exemple du titi parisien dont il contrefaisait et l'accent. et la voix, « Ou n'en faut pas ! »

Il se mit à chercher.

Dans un an, pensait-il, je serai majeur, j'aurai vingt et un ans, mes parents auront assez de confiance en moi, j'ose l'espérer, pour me prêter quelques capitaux, et avec cela il faudra que moi aussi je livre bataille, que je me fasse place, que je joue des coudes drus et serrés si je veux arriver.

La vie — il le savait — est plus qu'une lutte, c'est une coterie.

On peut se la représenter aisément en se figurant un mât de cocagne bien graissé; tous se bousculent pour arriver au pied du mât : il faut fendre la foule qui l'entoure, bousculer, tomber, se relever, marcher sur ceux qui sont à terre et qui ne peuvent se relever, lutter, se battre, recevoir des coups, en donner si l'on peut et si on a le temps, et pousser, pousser toujours.

Enfin vous voilà avec les favorisés, vous êtes au pied du mât de cocagne, vous croyez avoir tout fait, et pauvre malheureux que vous êtes, tout reste à faire; il faut encore lutter, se battre pour pouvoir pren-

dre le fameux mât à bras-le-corps et grim-
per. Enfin vous le saisissez, vous vous
cramponnez, vous restez là, une seconde,
un siècle, pour reprendre haleine. Vous
reprenez courage, vous vous stimulez vous-
même, vous vous excitez. Allons! vous
dites-vous, la moitié du chemin est fait;
se laisser abattre serait plus qu'une déser-
tion, ce serait une lâcheté! Allons! Et vous
grimpez. Mais chose que vous n'aviez pas
prévue, naïf que vous êtes, c'est que ceux
qui sont là comme vous pour la décrocher,
la fameuse timbale de la vie! vous empê-
chent de monter et vous tirent par les pieds.

Mais doué d'une énergie sans bornes et
d'une volonté de fer, vous montez malgré
tous les accrocs qui sont faits à votre cu-
lotte.

Enfin vous y êtes, vous allez triompher, vous avez gagné ! à vous le succès ! la gloire ! Oui, mais vous aviez compté sans ceux qui sont au bout du mât, qui vous tapent sur les doigts pour vous faire lâcher prise et vous faire dégringoler, vous trouvant bien osé de prétendre, après avoir fait tout ce qu'ils ont fait, et quelquefois plus, — ayant eu plus à lutter, le nombre d'amateurs de timbale augmentant de jour en jour, — d'être admis en leur noble compagnie.

Et voilà pourquoi souvent on se croit arriver dans la vie, quand un vieux gâteux dit d'une voix d'eunuque à ses confrères : « Il est bien jeune ce gaillard-là... »

IV

Depuis quelques années Robert d'Amont,
fils d'un de nos plus grands architectes,
errait dans les rues de Paris à la recherche d'un jeune homme qui voulût
bien associer son petit capital au sien pour

courir ensemble à la recherche de la fortune.

Son père, mort récemment, avait ramassé
une très-jolie fortune dans son art; mais
atteint de cette ambition fiévreuse qui con-
siste à doubler sa fortune en faisant d'heu-
reuses spéculations à la Bourse, et surtout
séduit par la réussite d'un de ses amis, il
se laissa entraîner et malheureusement se
ruina ou à peu près.

En honnête homme qu'il était, il préféra
ne laisser qu'un très- petit capital à son
fils, mais lui laisser un nom dont il n'eût
pas à rougir; aussi paya-t-il ses diffé-
rences.

Le chagrin d'avoir perdu l'épargne d'une
longue carrière bien remplie le rendit malade à tel point qu'il en mourut.

Son fils Robert, en possession de la faible succession de son père, était dévoré d'ambition ; mais le capital dont il disposait était insuffisant pour mettre à exécution les projets, qui, disait-il, devaient le conduire à la fortune.

Il soumit vingt fois, cent fois, ses idées à sa famille, à ses amis ; tous restèrent sourds, nul ne voulut l'aider.

Il était tellement aigri de l'ingratitude qu'il rencontrait autour de lui qu'il devint jaloux et haineux.

Parfois il se prenait à penser qu'il voudrait plus réussir pour pouvoir haïr ceux qui lui refusaient leur appui que pour profiter lui-même de sa fortune.

Il est vrai de dire qu'on se montrait à son égard d'une parcimonie et d'un manque de confiance révoltant.

Il avait beau dire, expliquer, prouver, supplier, implorer, rien n'y faisait.

Ses parents, ses amis les plus sincères sur lesquels il pouvait le plus compter, l'abandonnaient en lui donnant des fins de non-recevoir, des raisons qui n'en étaient pas. Au lieu de le décourager, cela l'excita !

Il abandonna sa famille et ses prétendus amis, qui ne l'étaient que quand ils n'avaient pas à le prouver, et conçut une haine mortelle à tout ce que l'on appelle de nom : dévouement et amitié, deux mots, disait-il, qu'on devrait bien rayer de notre vocabulaire.

Un jour, le hasard lui fit faire la rencontre de Georges Sioul.

Nos deux jeunes gens se plurent beaucoup, ils sympatisèrent ensemble et devinrent de vrais amis.

Georges avait alors plus de vingt et un
ans ; son nouvel ami lui exposa ses vues
d'avenir et lui proposa, moyennant un faible apport de fonds, de s'associer dans des
entreprises de construction.

Georges, sans avenir bien défini, et
voulant arriver à la fortune, se laissa
séduire par son ami.

Il est vrai de dire que cette carrière se
pliait très-bien à toutes ses exigences,
l'intelligence prédominait, c'était son rêve,
son idéal.

Ne pas être marchand, c'est ce qu'il
voulait avant tout.

Il soumit son projet à ses parents, qui

firent bien quelques difficultés avant de dé-
lier les fameux cordons de la bourse ; mais
il fit tant et si bien qu'il triompha de toutes
leurs hésitations et de toutes leurs mauvai-
ses prédictions.

Du reste, ils étaient bons et ne dési-
raient qu'une chose : le bonheur de leur
fils.

Nos deux jeunes gens s'associèrent et
entreprirent plusieurs petites affaires qui
leur donnèrent quelques bons résultats.
Sans être Espagnols, nos deux amis vou-
laient grandir ; aussi se mirent-ils à la tête
de grosses affaires. Cela n'en marcha pas
plus mal, au contraire.

Ils étaient bien critiqués par les gros
bonnets de la maçonnerie, mais cela ne
les découragea pas. Ils allèrent droit leur

chemin sans s'inquiéter de toutes les petites jalousies et criailleries dont ils étaient
l'objet.

Les jaloux voyaient bien par des preuves
flagrantes leur réussite, mais ils la contes-
taient toujours.

On n'empêchera pas les méchants de
parler. Ils le savaient et laissaient dire.

V

Deux années s'étaient écoulées.

Georges prévint son ami Robert d'Amont qu'il prendrait avec plaisir un congé d'un mois, ce à quoi son ami consentit.

Georges fit alors ses apprêts de départ.

Il partit pour le Midi, où il avait une partie de sa famille et de nombreuses connaissances, sinon d'amis.

Avant de le suivre, nous allons dire ce qu'il était, tant au moral qu'au physique.

Il était petit, bien proportionné dans sa taille, de légères moustaches ombraient sa lèvre supérieure, l'œil vif; — on a dit : Le regard c'est l'esprit, — c'était vrai surtout pour lui. Dans cette petite figure au teint mat ce n'étaient pas deux yeux, c'étaient deux lumières qui semblaient éclairer, tant son regard était vif, vrai, franc et lumineux. Comme démarche, celle de tout le monde, ni sérieuse, ni banale. Comme genre, c'était un de ces jeunes gens dont on ne dit rien, qui ne vous arrête pas, ni bien, ni mal, ni commun, ni distingué. Il est vrai de dire que pour être distingué il ne faut pas se faire distinguer. Somme toute, c'était un jeune homme qui passait inaperçu. De plus, il ne portait pas son âge ; il avait vingt-trois ans et demi, on lui en eût donné tout au plus vingt.

Au moral, honnête homme dans toute l'acception du mot, franc comme un Gaulois, ne cachant jamais une arrière-pensée, disant toujours et à n'importe qui, ce qu'il pensait.

Ni bon, ni mauvais, mais juste et poussant le sentiment de la justice jusqu'à l'excès.

Homme sérieux dans toute la bonne acception du mot et connaissant la vie comme beaucoup d'hommes bien plus âgés que lui ne la connaissaient pas.

2.

A vrai dire : l'expérience est souvent le résultat d'une longue série de bêtises.

Respectant tout ce qui est respectable. Ne croyant que les vérités démontrées et prouvées.

Sceptique pas plus qu'il ne faut l'être, et philosophe comme on doit l'être.

Respectant chez les autres toutes les croyances et toutes les opinions, pourvu qu'elles eussent pour base l'honnêteté.

Aimant la famille et n'aspirant qu'à s'en faire une, mais surtout conforme à ses idées. Quoique bien jeune, il se serait marié, s'il eût trouvé.

Des femmes qui tiennent comptoir d'amour, il en pensait ce qu'un honnête homme doit en penser, — il ne les méprisait pas, mais les plaignait et surtout les redoutait!

Pour lui le mal, le péril social était là! C'était, disait-il, notre plaie moderne et la plus dangereuse! car c'est un mal où la gangrène s'est mise, puisque la maladie augmente de jour en jour et finira certainement par tuer la malade, — notre pauvre France!

. . . .

A ce propos, il fit un jour à un de ses amis qui voulait essayer de défendre toutes ces drôlesses qui nous détournent, trop souvent hélas! de notre droit chemin, le *speech* suivant:

. Elles disent toutes que c'est pour satisfaire de grands devoirs qu'elles sont tombées si bas!

Que de fois on me l'a racontée cette histoire. « C'était la veille du terme, et « nous en devions déjà deux, le proprié- « taire avait prévenu qu'il ne voulait plus « attendre ! Donc que demain il faudrait « déménager ou payer. Mon pauvre père « était au lit malade, ayant ma mère à son « chevet et nous tous nous désolant, ne « sachant pas si demain nous ne couche- « rions pas à la belle étoile ! Je pris mon « courage à deux mains et je me dé- « vouai !... Le lendemain je rapportais de « l'argent ! Mais quand le sort s'acharne « après vous, c'est fini ! Mon père ne gué- « rissait pas, et toujours pas d'argent !... « Je dû me dévouer de nouveau.   .   .   .

.   .   .   .

« Et voilà comment de chute en chute
« je suis devenue ce que tu me vois. »

Et pour vous donner plus facilement le
change, elle criera contre la société, elle
blasphèmera même au besoin! et d'un air
désespéré et presque honnête elle ajou-
tera :

« Et on dit... qu'il y a un Dieu !... qui
« voit tout ça! Il le permet donc ! il le veut
« donc, puisque. pouvant l'empêcher, il
« laisse faire.

« Eh bien, non! ce Dieu n'existe pas,
« c'est sûr ! car ce serait un monstre! »

. . . .

Jeunes gens au cœur candide, n'en
croyez rien ! Et ne vous dissimulez pas
que c'est la paresse, toujours, comme dit
le poëte :

Qui fit au lupanar coucher ces Danaés.

Car pour peu que vous soyez observateur, remarquez par qui est séduite, — presque toujours, — une jeune fille !

Par un homme qui n'est pas de son rang ! Et autant que possible elle choisit le plus cossu parmi ceux qui lui font la cour.

Elle ne se dissimule donc pas, — aussi sotte qu'elle soit, — qu'elle ne sera pas épousée.

Donc, le mobile, — c'est le vice ; le moyen, — la honte, et le but, — la paresse.

VI

Dans les premiers jours du mois d'août 18.., Georges Sioul arriva à X...

Il fut reçu par ses parents et amis, comme on reçoit un transfuge, — d'une façon circonspecte, voire même malveillante.

Ses plus proches, craignant qu'il ne leur empruntât de l'argent, le tinrent à l'écart. Il faut avoir habité la province pour en connaître tout le crétinisme mercantile.

Il faut avoir vécu au milieu des provinciaux pour se faire une idée réelle de leur avarice et de leur petitesse d'esprit. J'en ai vu, j'en connais qui sont à la tête d'une fortune considérable et qui vivent comme des mécréants, se privant, non-seulement de luxe, de confortable, mais même du nécessaire.

Je sais un jeune homme, certainement à la tête d'un million de fortune, qui se prive de manger des huîtres vu leur prix exorbitant, et qui prétend que tout le monde devrait faire comme lui, car alors elles baisseraient de valeur et se vendraient un prix raisonnable, dit-il.

Il serait trop long de citer des exemples à l'appui de mon dire, mais je veux ajouter un fait qui caractérise bien nos mœurs provinciales.

Un riche propriétaire fut nommé tuteur du fils d'un de ses amis intimes qui venait de mourir.

Ce jeune homme devait être à sa majorité à la tête de cinq cent mille francs, — ci vingt-cinq mille francs de rentes. — Il était âgé de dix-huit ans quand son père mourut.

Le tuteur continua d'élever son pupille avec ses idées et sa manière de voir et essaya d'en faire un crétin comme lui. Il n'y réussit pas et en fit un débauché, c'est fatal!

Que croyez-vous qu'il lui donnait, à la veille de sa majorité, comme argent! Je

3

vous le donne, en cent, en mille. Comme
vous ne devineriez pas, je préfère vous
le dire : cinq francs par semaine ! Et notez
que ce jeune homme habitait une grande
ville du Midi. — N'est-ce pas écœurant,
je vous le demande ?

Comment ! voilà un jeune homme qui va
être en possession d'une fortune relativement considérable, qui aura à dépenser
plus de deux mille francs par mois, et
on lui donne une misérable pièce de cent
sous à dépenser par semaine ! — Qu'arriva-
t-il ? Point n'est besoin de le dire : l'enfant
tourna mal, c'est-à-dire qu'il dilapida cette
fortune dont on avait été si parcimonieux.
En quelques années il fut ruiné.

Toute la famille se rua contre lui et cria
haro sur le malheureux jeune homme, qui

était tout étonné de ce qui lui arrivait.

Eh bien, franchement, doit-on rendre responsable de sa mésaventure et de ses folies ce pauvre garçon ? Non, cent fois non ! Le coupable c'est le tuteur.

Si, au lieu d'avoir été vis-à-vis de son pupille d'une économie sordide, il lui eût donné de l'argent selon son âge et sa position, il aurait eu le temps de lui faire apprécier la valeur de l'argent et par cela même eût évité autant que faire se peut cette transition qui ne put que griser ce malheureux garçon, qui crut que son argent ne s'épuiserait jamais. . . . .

. . . .

On croirait, à voir vivre ces infortunés provinciaux, que nous sommes sur la terre uniquement pour mettre une pièce de cent sous l'une sur l'autre ; — et c'est ce qu'ils font ; aussi rien ne les effraye comme un Parisien, vocable qui pour eux est synonyme de dépensier et de jouisseur.

Ils ont raison souvent, mais il faut avouer qu'ils se trompent quelquefois.

A Paris on gagne l'argent facilement presque toujours, ou on végète.

Quoi d'étonnant qu'on le dépense de même?

Il est juste et équitable d'ajouter que, vu tous les obstacles qu'on est obligé de surmonter pour arriver à la fortune, on mérite bien ce que l'on a gagné.

Donc notre pauvre Georges fut plutôt discuté et contesté surtout que félicité de la position qu'il avait su se faire au milieu de ce grand tourbillon qu'on appelle Paris.

S'il était arrivé avec une fortune faite,

s'il eût acheté une grande propriété, certainement il eût été jugé différemment ;
mais il n'était que sur la voie de la fortune,
et messieurs les provinciaux sont d'un
scepticisme renversant au sujet du succès
d'une entreprise quelconque, faite à Paris.

Pour eux ce n'est pas en gagnant beaucoup qu'on fait fortune, non, cela leur paraît
un paradoxe.

Leur axiome — c'est qu'on fait fortune en
se crétinisant ; le crétinisme leur paraît être
le plus puissant levier qu'on puisse avoir.

Je crois qu'il existe quelque part un livre
qui a pour titre : *Les Crétins de Province ;*
je ne sais pas ce qu'il contient ne l'ayant
pas lu, mais ce que je sais bien, c'est
qu'avec une pareille enseigne, il y avait
matière à écrire plusieurs volumes qui

n'eussent certainement pas manqué d'intérêt pour le lecteur.

En présence de ces petites jalousies et de ces mesquines rivalités de clocher, Sioul ne s'éternisa pas à * * * et se rendit à * * *, petite plage au bord de l'Océan.

Il résolut de garder le plus qu'il le pourrait l'incognito, afin de vivre à son gré et à sa guise.

A cet effet il descendit à l'hôtel et ne s'inquiéta pas si les chalets où il avait des connaissances étaient habités par leurs propriétaires ou s'ils étaient loués à des personnes qui lui étaient inconnues ou qu'il connaisait.

La vie qu'il comptait mener était des plus simples et des moins agitées.

Vivre loin du bruit — celui de la mer excepté, bien entendu — en face de ses idées, c'est-à-dire de lui.

VII

Tout le monde sait ce que c'est qu'une table d'hôte : un composé de personnes de tous rangs et de tous sexes. Inutile donc de décrire celle de l'hôtel où Georges était descendu.

Le soir de son arrivée, Georges se trouva à table à côté d'une jeune fille, dont le père et la mère étaient assis l'un à côté de l'autre. Comment cette jeune fille n'était-elle pas entre son père et sa mère?

Nous ne saurions le dire.

Toujours est-il qu'il dîna, ayant auprès

de lui une charmante enfant, que je vais vous présenter.

Elle paraissait avoir quinze ans à peine : elle était brune comme une créole ; une chevelure des plus opulentes flottait sur ses épaules, n'étant retenue que par un simple peigne en écaille, comme on en met d'ordinaire aux enfants.

Deux grands yeux bleus qui semblaient lui fendre la tête étaient ombragés de longs cils qui semblaient être là pour les dissimuler, afin qu'on ne pût en admirer tout l'éclat.

Des sourcils épais, admirablement dessinés en arc de cercle et se rejoignant ; une bouche d'une grandeur moyenne, des lèvres peut-être un peu trop fortes, mais qui étaient bien en rapport avec cette riche nature.

Elle était petite, et paraissait avoir des lignes d'un fini et d'un modelé dignes d'un sculpteur des plus habiles en son art.

Devant tant de beauté Georges resta longtemps en contemplation.

Instinctivement il se sentit attiré vers elle.

Il lui prodigua toutes les politesses qu'un galant homme peut avoir en pareil cas, — ce qui parut la gêner fort.

La mère de cette jeune fille s'étant aperçue de l'assiduité que son voisin avait pour elle, et voyant surtout en lui un tout jeune homme, en parut contrariée; aussi se leva-t-elle de table avant que le dîner ne fût complétement terminé.

Le lendemain, la mère fut prévoyante et plaça sa fille entre elle et son père.

3.

Je ne sais pourquoi, mais cette femme avait une certaine appréhension contre Georges, coupable seulement d'avoir été, et de l'avoir manifesté, l'admirateur de sa charmante fille.

Elle se prit d'une telle aversion pour lui que, de toutes les politesses que lui faisait Georges, elle ne semblait y prendre garde; elle ne craignit même pas d'être impolie à son égard, en laissant sans réponse les prévenances qu'il avait à leur égard.

On ne saura jamais combien la jeunesse et une petite taille nuisent à certains hommes; c'est triste à dire, mais on prendra, généralement, bien plus au sérieux un homme grand et gros pourvu d'une barbe respectable et d'un abdomen recomman-

dable, lourd et souvent bête — la matière
bestiale ayant souvent tout absorbé —
qu'un jeune homme imberbe, d'une nature délicate, et représentant peu.

Telle stupidité, dite par une bouche
grave, sera prise pour une chose sensée,
et telle vérité dite par une bouche d'homme
jeune ne sera pas admise.

Nous sommes ainsi faits, la matière a
toujours raison de nous.

. . . .

Georges continua de vivre comme il se
l'était promis, c'est-à-dire seul.

Il se trouva bien vexé des rigueurs de
la mère de sa charmante voisine du premier soir, mais n'en fit rien paraître.

Cette jeune fille commençait même, et il
se l'avouait, à l'intéresser.

Les déjeuners et dîners étaient pour lui
ses meilleures heures de la journée, car il
revoyait, — comme il l'appelait, — la
charmante jeune fille.

Le soir, sur le bord de la mer, il l'apercevait se promenant au bras de son père,
encapuchonnée d'une capeline qui lui seyait
à ravir... ils se rencontraient... se regar-
daient... et c'était tout.

Quoique toute jeune fille, Hélène, c'était
son nom, avait parfaitement compris que
sa mère n'avait pas voulu que le petit voisin du premier soir continuât ses politesses
à son égard ; et cela seul le rendait plus
ntéressant à ses yeux.

Leurs regards se rencontraient souvent
pendant les repas, et il est vrai de dire
que Georges Sioul, sans s'en douter, en
devenait inconsciemment amoureux.

VIII

Les plages jeunes, pas encore fréquentées des étrangers et connues seulement de quelques privilégiés, offrent ceci de très-agréable, qu'on y vit sans gêne, à son aise et presque en famille.

On se baigne tous ensemble, hommes et femmes, jeunes gens et jeunes filles. C'est charmant....

Point de ces démarcations ennuyeuses, qui vous forcent d'apporter votre lorgnette au bain, si vous voulez voir les mollets de la belle jeune fille que vous avez fait danser la veille.

Point de ces cordes, séparant les hommes des femmes ; point de ces cris qui vous font revenir sur vos pas : « Côté des femmes, monsieur, les hommes par ici ! » Non, là, tous pêle-mêle, se baignant ensemble, se donnant la main, faisant des rondes dans l'eau, se serrant l'un contre l'autre, s'arc-boutant ensemble pour opposer une digue à la vague énorme qui arrive de là-bas ! — La voyez-vous venir ? Attention ! Et la vague passe, culbute les plus faibles, qui se cramponnent aux plus forts, et un immense éclat de rire termine ce bain délicieux, que vous payeriez de toute la fortune d'un nabab, et qui ne vous coûte rien. Je le répète, c'est charmant, charmant.

Et ces craintes de la jeune fille que vous tenez par la main et que vous a recommandée sa mère en vous disant : C'est la première fois qu'elle prend des bains de mer, Monsieur, aussi est-elle bien craintive, allez ! Je vous la confie.

— Tu entends, Madeline, continue la mère, tu n'y resteras pas plus de cinq minutes.

Du reste, je te ferai signe avec mon ombrelle, quand il faudra en sortir.

Allons ! va ! mon enfant chérie, va !

Et vous partez, heureux comme on l'est quand on est l'appui, la sauvegarde, le soutien d'une charmante jeune fille que vous conduisez par la main, en costume de bain, nue jusqu'au genou, les bras nus aussi ; et, au fur et à mesure que vous entrez dans l'eau, ce maudit costume qui se plaque contre la peau, qui devient d'un gênant, oh ! mais d'un gênant, n'est-ce pas, mademoiselle ?

Mais pour vous, qu'est-ce que cela fait ? Vous n'allez qu'y gagner ! vous n'en serez que plus belle ! tous vos trésors, toutes vos beautés vont resplendir et vont nous fasciner.

J'avoue que pour toutes ce n'est pas ainsi. Ah ! ma foi, tant pis !

Ne prenez pas de bains de mer alors !

Et puis, du reste, une femme doit être belle ou elle ne mérite pas le nom de femme.

Je ne dirai jamais — je t'aime, à une femme laide.

Là-dessus je suis exclusif !

IX

Le temps était orageux ; la chaleur avait
été plus accablante que les jours précé-
dents ; de gros nuages sillonnaient l'hori-
zon : tout faisait présager de la pluie pour
la soirée ; la mer elle-même semblait plus
agitée que de coutume.

Les baigneurs et les baigneuses, prévoyant le vilain temps, avancèrent l'heure
habituelle de leur bain.

Georges, comme à son ordinaire, après
avoir pris son café, faisait sa promenade;
il ne se doutait pas que ce jour-là on se
baignerait plus tôt; sans cela, il se fût trouvé
comme tout le monde sur la plage.

Il en était donc assez éloigné quand on
commença à se baigner.

Plus de monde que d'habitude se trouvait ce jour-là réuni pour voir les baigneurs, et c'était comme toujours à qui
ferait le plus de prouesses parmi ces dames
et ces messieurs.

Hélène, que nous avons un peu abandonnée, était des plus assidues, et, ce jour-là,
comme tous, elle devança l'heure de son bain.

Si Georges avait supposé que, pendant qu'il se promenait au loin, son adorée était à prendre son bain, il eût bien regretté de ne pas se trouver là.

Et il faut convenir qu'il y avait de quoi regretter un pareil spectacle.

Elle avait un costume de bain très-simple, tout noir, bordé de deux rangs de liserés rouges ; nous l'avons dit plus haut, elle avait des formes tellement belles qu'elle n'avait pas de rivale.

Aucune de ces jeunes filles ne pouvait même lui être comparée.

Ceci est bizarre à noter ; mais toute pudique qu'elle était, et jeune fille, comme on l'est à quinze ans, — surtout quand on habite la province, — elle laissait très-bien ses admirateurs la contempler à leur aise, et restait quelques instants sur la plage avant de se jeter à la mer.

Dans l'eau, elle attirait encore tous les regards, car elle nageait supérieurement, sans trop d'effets, ni sans trop de modestie. Elle tenait, à cet égard, un très-juste milieu, se permettant parfois quelques écarts de hardiesse, qui, toujours, faisait pousser des cris à sa pauvre mère qui la suivait des yeux.

Parmi les jeunes gens, c'était à qui irait aussi loin qu'elle.

Je ne sais si ce jour-là elle fut piquée d'un certain amour-propre, mais elle voulut aller un peu trop au large, arriver enfin à une distance où elle ne serait pas suivie, même par les jeunes gens qui se faisaient ses plus audacieux cavaliers et qui ne cessaient de lui dire:

« Mademoiselle, nous vous suivrons partout ! »

« Je verrai bien, » se pensa-t-elle.

Comme on le voit, c'était presque un défi qu'elle se posait à elle-même vis-à-vis des plus ardents.

On devine par ce qui précède et par ce fait, que cette jeune fille était un tempérament.

Elle était audacieuse et forte devant le danger comme on l'est rarement à cet âge, à moins d'être une nature exceptionnelle.

« Ce sera, se pensait-elle, celui qui tiendra le plus réellement à moi qui me suivra. »

Il est très-difficile, à moins de bien observer auparavant, de pouvoir distinguer tel ou tel homme en costume de bain.

C'est là qu'est la vraie égalité pour les hommes. Tous se ressemblent : aussi laids les uns que les autres.

Donc Hélène ne savait pas, n'y ayant fait aucune attention, si Georges Sioul, celui qu'elle préférait déjà, était parmi ceux qui se proposaient de la suivre partout !

Elle se mit à nager dans la direction du large, et en petite maîtresse qu'elle était, elle faisait des agaceries aux lames, plongeant quelquefois et laissant à d'autres moments onduler son beau corps sur les vagues, qui semblaient la bercer amoureusement.

Elle commençait à atteindre une limite, qui semblait déjà bien respectable aux plus audacieux, car plusieurs rebroussèrent chemin, en s'avouant vaincus.

Mais les plus intrépides continuèrent à la suivre.

Voyant que tous ne s'en retournaient pas et qu'elle était encore suivie par quelques-uns elle se laissa toujours aller au large.

Cela devenait inquiétant pour les poursuivants; ne présumant pas trop de leurs forces, ils mirent tout amour-propre de côté et n'hésitèrent pas à lui crier : « Vous allez trop loin, mademoiselle ! »

— Ah! vous avez déjà peur, leur répondit-elle ? Et elle continua.

Le moins osé de ceux qui la suivaient dit à ses amis : Quant à moi, je regagne la plage. C'est ici ou jamais le cas de dire : Pas de bêtises dans l'eau; et tous ensemble alors lui crièrent : Nous nous avouons vaincus, vous avez gagné, nous retournons. Et ils se mirent à nager dans la direction de la plage.

Devant un succès si complet et si unanime, elle n'hésita pas à les imiter.

Mais elle avait trop présumé de ses forces et avait oublié que la mer est surtout femme : elle est traîtresse. Elle resta donc un moment sans avancer ; la marée descendait et le courant l'entraînait au large.

Elle luttait depuis cinq minute sans pouvoir arriver à changer de place. Quoiqu'à son grand regret, elle se vit forcée d'appeler ses vaincus à son aide, pour leur faire part de sa pénible situation ; pour toute réponse elle n'obtint que ceci : Nous non plus nous n'avançons pas !

Un fort courant semblait leur barrer le chemin. Nos jeunes gens firent des efforts surhumains ; étant moins épuisés qu'elle, ils parvinrent bien péniblement et en déployant toutes leurs forces à gagner un peu de terrain.

Quant à elle, au lieu d'avancer, elle reculait sensiblement. Douée d'une force peu commune et d'une grande énergie de caractère et de sang-froid, elle se raidit contre le courant qui l'entraînait, rassembla toutes ses forces et lutta avec énergie et courage.

Autant de force et d'habileté qu'elle pût déployer, elle ne parvint qu'à moins reculer. Cela devint inquiétant !

Peu à peu, le moral s'affecta. Elle lut-

4

tait, mais en vain, elle reculait toujours et voyait la plage fuir devant ses yeux.

Pendant qu'elle s'en allait au large, emportée par le courant, les jeunes gens étaient, eux, hors de danger, et quoique bien épuisés et bien affectés eux aussi, ils étaient certains de pouvoir regagner la plage.

. . . .

Sur le rivage, tous les baigneurs, en proie aux plus vives inquiétudes, observaient cette scène déchirante sans pouvoir y porter remède.

Les secours, dans ces plages encore peu fréquentées, sont mal organisés, ou pour mieux dire ne le sont même pas du tout. Un baigneur est bien là, dévoué comme tous ces braves gens le sont tous, mais pas un bateau qui permette d'aller au large et qui puisse sûrement porter secours en cas de malheur

Les plus intrépides nageurs se jetèrent à la mer. Le baigneur, armé de sa bouée, et tenu à bord par une corde, fut le plus loin qu'il put, jeter sa bouée ; mais la malheureuse jeune fille était trop loin, elle ne put l'atteindre.

La pauvre mère d'Hélène était là, en proie aux plus vives et aux plus cruelles douleurs. Elle avait failli se trouver mal à plusieurs reprises, mais elle se raidit contre le malheur imminent qui semblait devoir la frapper.

Cette douloureuse et pénible scène qui allait avoir son dénoûment était près de finir. Les jeunes gens étaient sauvés, mais la jeune fille que l'on apercevait au loin, faisait de vains efforts pour arriver à la bouée qui lui avait été jetée.

A ce moment Georges Sioul, revenant de sa promenade et apercevant tant de monde rassemblé au bord de la mer, comprit qu'il y avait quelque chose d'extraordinaire.

Il fendit la foule, s'enquit de ce qui se passait, et précisément ce fut à la mère d'Hélène qu'il s'adressa : « Qu'y a-t-il? demanda-t-il aussitôt.

« C'est ma fille qui se noie, répondit la pauvre mère.

« — Comment votre fille ?

« — Oui, monsieur, Hélène, ma fille ! Et la malheureuse mère se mit à fondre en larmes.

Georges se recula, écarta un peu les personnes qui étaient là et se déshabilla en un clin d'œil.

Il n'hésita pas, il se jeta résolûment à la mer et se dit en lui-même : « Je la sauverai ! »

Georges était un nageur intrépide, mais prudent. Tous ceux qui auraient pu le remarquer prendre son bain l'auraient certainement cru incapable d'oser tenter ce qu'il faisait.

Il nagea du côté de la jeune fille, ménageant ses forces le plus qu'il le pouvait, sachant parfaitement que la difficulté était pour le retour.

Quelle force que la volonté ! Vouloir c'est pouvoir — c'est vrai toujours — au service d'un homme intelligent.

4.

Poussé par le courant qui l'entraînait au large, il se rapprocha vite d'Hélène. Il était prêt de l'atteindre quand la jeune fille s'enfonça roulée par une lame et disparut.

Georges ne se découragea pas, il se mit à plonger à plusieurs reprises, mais ans succès.

Toutes les personnes rassemblées sur la plage contemplaient cette scène terrible, et ne cessaient d'admirer l'énergie que déployait ce jeune homme pour sauver cette pauvre jeune fille.

Mais quand on vit disparaître la pauvre enfant dans les flots, un cri déchirant partit de toutes les poitrines.

« Pauvre enfant ! »

La mer, si bizarre dans ses emportements, au lieu d'emporter au loin sa proie, la rapporta quelques mètres en avant, et, pendant quelques minutes on vit le corps d'Hélène surnager et comme poussé vers la plage. — Vaine illusion ! ce n'était qu'une triste apparition et de nouveau la pauvre enfant disparut.

Georges, comme tout le monde, avait vu ce qui s'était passé, et, redoublant de courage, il se dirigea vers l'endroit où de nouveau Hélène venait de disparaître. Il rassembla toutes ses forces et replongea de plus belle. Plus heureux cette fois que dans ses recherches précédentes, il rencontra flottant entre deux eaux et comme inanimé le corps de la malheureuse enfant. Il la saisit comme il put et revint à la surface de l'eau avec son précieux fardeau.

Les difficultés recommençaient, car il

fallait ramener jusqu'à la bouée la pauvre jeune fille.

Un moment il crut qu'il n'y parviendrait pas.

Une vague énorme arriva, les roula ensemble et les engloutit ; il crut que tout était fini, mais il avait une consolation :

« Je mourrai avec elle », se dit-il. Et c'était assez pour lui ; — que dis-je : c'était tout !

Tous les spectateurs de cette scène déchirante, en les voyant engloutis dans les flots, crurent voir la fin de ce triste sauvetage.

Nous venons de le dire, la volonté est tout ! Georges, aussi émotionné qu'il pouvait l'être, ne s'était pas laissé abattre et conservait — quoique bien affaibli, — tout son sang-froid.

Il se raidit contre la mort imminente qui semblait devoir le frapper et, rassemblant toutes ses forces, lutta contre les vagues qui semblaient s'acharner contre eux.

Profitant d'une vague énorme qui arrivait, il abandonna quelques secondes son précieux fardeau, le poussa fortement devant lui et fut assez heureux de le faire surnager, la vague les fit avancer de quelques mètres.

Voyant sa première tentative couronnée de succès, il recommença de nouveau et gagna sensiblement du terrain.

Peu à peu il se rapprocha de la bouée. Dès qu'il put l'atteindre, il s'y cramponna

chargé de son précieux fardeau, et on les
ramena tous deux sur le rivage.

. . . .

Les premiers secours furent pour la pauvre jeune fille que l'on transporta dans le
chalet le plus rapproché de la mer.

Les soins ne lui manquèrent pas. A
force de ménagements on parvint à la
faire revenir à elle, et le docteur put assurer qu'elle ne mourrait pas.

On la porta alors dans sa chambre, où
tous les soins lui furent prodigués.

. . . .

Les félicitations et les remercîments ne
manquèrent pas à Georges ; — mais son
plus grand contentement était en lui, il
avait sauvé celle qu'il aimait d'une mort
certaine. Il en était rayonnant de joie et
de bonheur.

Après le dîner, on dit que Mlle Hélène était tout-à-fait hors de danger.

Dans la soirée, toutes les conversations roulèrent sur le triste événement de la journée, et c'était à qui vanterait le courage qu'avait déployé en cette circonstance le sauveur d'Hélène X***

X

Pendant longtemps, sur la petite plage de X***, on parlera de la dramatique scène du 21 août, qui faillit coûter la vie à une pauvre jeune fille de quinze ans, et dont Georges Sioul fut le héros.

Hélène mit quelques jours à se remettre, et dès qu'elle put sortir de sa chambre, elle voulut aller voir et contempler cette mer qui avait voulu l'engloutir.

Appuyée sur le bras de sa mère, elle se promenait sur la plage, recevant les amitiés et les sympathies de tous, quand sa mère aperçut Georges. Elles allèrent à son devant et toutes deux le remercièrent et lui témoignèrent leur plus vive reconnaissance.

En serrant la main de Georges, Hélène lui dit :

« Je n'oublierai jamais que je vous dois la vie, monsieur » ; et tout bas, et en baissant les yeux elle ajouta : « Vous aurez toujours une place dans mon cœur. »

— Merci, mademoiselle, dit Georges, je suis trop heureux, croyez-le, que vous vouliez bien vous en souvenir.

La mère d'Hélène coupa court à cette conversation qui devenait embarrassante

et pour sa fille et pour le jeune homme. —
Et pour tout dire, elle trouvait que sa fille
poussait la reconnaissance un peu trop
loin.

— La mère d'une amie d'Hélène, dit-elle,
donne un bal pour fêter la *résurrection*
de ma fille, elle m'a chargée de vous invi-
ter de sa part à cette soirée. — Je n'ai pas
besoin de vous dire, ajouta-t-elle, que
nous comptons sur vous, et que nous serons heureux de vous y voir.

— Trop heureux, madame, reprit
Georges, en remerciant, je me ferai un
véritable plaisir de me rendre à cette aimable invitation, et je suis très-flatté de
l'honneur qui m'est fait.

— C'est entendu, nous comptons sur
vous, continua-t-elle. Ah ! à propos, c'est

Mme*** qui donne ce bal, chalet Plantier, le premier à droite après l'hôtel de la Plage. Le connaissez-vous?

— Oui, madame, je le connais très-bien, je vous remercie.

Et après de nouvelles salutations, Georges s'éloigna en jetant un regard amoureux à la charmante Hélène, — qui le lui rendit bien.

Hélène, quoiqu'âgée de quinze ans seulement était femme déjà, et comme rarement on l'est à son âge.

Ce jeune homme qu'elle ne connaissait pas, l'avait intéressée alors que sa mère lui fit brusquement quitter la table, — on s'en souvient, — parce qu'il était assis fortuitement à ses côtés.

Depuis elle l'avait remarqué davantage

et d'autant plus que Georges, pendant tous les déjeuners et dîners, ne cessait d'avoir les yeux fixés sur elle.

Qui pourra jamais dire, et écrire surtout, le langage des yeux ! Que d'éloquentes déclarations d'amour le sont moins que ces regards longs et persistants qui semblent ne rien dire et qui pourtant en disent tant !

Que de demandes, que de promesses, sont faites par un regard !

Les yeux sont le miroir de l'âme, a-t-on dit. C'est par là que l'âme regarde, a-t-on dit encore.

C'est plus que tout cela.

Les yeux sont les fidèles interprètes, muets et sacrés, de l'amour qu'on nous inspire et que nous faisons naître.

Quelle pensée s'élèvera jamais assez haut pour exprimer et traduire fidèlement les regards de deux êtres qui s'aiment !

L'amour, chose sainte entre toutes, ne peut avoir de plus éloquent langage que celui des yeux !

. . . .

Les regards de Georges et d'Hélène s'étaient rencontrés souvent, depuis surtout que Georges s'était dévoué pour elle. — Ils s'aimaient.

. . . .

Point n'est besoin de dire avec quelle impatience mêlée de bonheur et de crainte Georges attendit le surlendemain.

XI

Toutes les dames amies de Mme ***, qui donnait le bal, se réunirent chez elle pour l'aider dans la décoration de la salle et de son chalet.

Hélène, au milieu de toutes ces jeunes filles, était doublement heureuse, car la fête se donnait pour elle, — et un peu, pensait-elle, pour Georges, — qui était à cette heure l'objet de toutes ses pensées.

Avec quel plaisir elle faisait part de ses idées, en donnant son goût pour mettre ce pot de fleurs plutôt ici que là!

Avec quelle joie elle faisait ces bouquets

qui devaient être témoins de son bonheur!
— et du sien — car elle ne se dissimulait
pas que Georges était amoureux d'elle
comme elle l'était de lui.

Tous les préparatifs de la fête terminé
on pensa à la toilette que l'on mettrait.

Le blanc fut unanimement adopté, et
malheureusement pour ces messieurs le
corsage fermé et montant était de rigueur.

En province les mères de famille
sont peu prodigues des épaules de
leurs jeunes filles, et elles ont, ma
foi, bien raison.

Je ne sais rien de plus embêtant que
d'épouser une jeune fille qui a montré ses
bras, ses épaules et une partie de sa gorge
nue dans tous les salons, aux regards indiscrets de tout le sexe fort de son arron-
dissement.

Donc, il fut convenu que ces demoiselles se mettraient en blanc, ou en robe claire, avec des fleurs naturelles dans les cheveux.

Que ces deux jours furent longs à passer pour ces jeunes gens et ces jeunes filles, car dans ce petit endroit retiré on dansait peu. Un bal était un événement.

Toutes choses passent et ces deux longs jours passèrent aussi.

Cette fameuse soirée arriva enfin !

Les invités arrivèrent vers neuf heures; tous les regards étaient pour Hélène qui était l'héroïne de la fête.

Simplement mise, comme toutes ces demoiselles, la beauté mâle d'Hélène ne ressortait que davantage.

5.

Un simple bouton de rose dans les cheveux, et sa belle et opulente chevelure nouée en torsade sur la tête, faisaient resplendir ce beau visage.

Quand Georges fit son entrée dans le salon, tous les regards se tournèrent vers lui.

Nous l'avons déjà dit, c'était ce que l'on appelle vulgairement un tout jeune homme.

Il fut d'autant plus remarqué qu'il était moins remarquable.

On ne se serait jamais douté que, dans ce petit corps, il pût y avoir autant d'énergie, de courage, de force et de volonté.

Mais les faits étaient là, il fallait bien s'incliner.

Georges était peu connu.

On savait qu'il habitait Paris, qu'il était

à la tête d'une position que l'on disait brillante, mais que tout bas on qualifiait de chanceuse.

En province, dès le moment où vous n'êtes pas marchand de quelque chose, on ne croit pas en vous.

C'est bête, mais c'est comme ça!

Et c'est d'autant plus vrai que cela semble plus bête.

Georges n'était pas précisément ce que l'on appelle un danseur.

Il ne comprenait la danse que comme moyen, comme but d'avoir le bonheur de posséder une jeune fille quelques instants, à qui on peut parler franchement sans craindre d'effaroucher une trop pudique mère, parce que vous dites à sa fille, qu'elle vous plaît, et que vous voudriez bien l'épouser pour l'aimer.

En dehors de là, disait-il, stupidité que la danse !

Danser pour sauter, joie d'écolier. Il s'était toujours demandé le plaisir que pouvaient éprouver deux valseurs qui avaient dansé pendant dix bonnes minutes sans se dire un seul mot, et qui tout ruisselants de sueur se séparaient.

Il ne dansa que trois fois, deux fois avec Hélène et la troisième avec la fille de la maîtresse de la maison, comme c'est de rigueur.

Le peu de temps qu'il eut le bonheur de posséder Hélène contre son cœur (trop court, hélas !), il l'employa à lui dévoiler la flamme de son amour.

— Connaissez-vous Paris, mademoiselle ? lui demanda-t-il.

— Non, monsieur, répondit timidement Hélène.

— Vous déplairait-il de l'habiter, d'y vivre ?

— Pourquoi me demandez-vous ça ?

— Une idée folle, sans doute, mais je tiendrais à savoir par vous jusqu'où va ma folie.

— Et que puis-je savoir, moi, grand Dieu ! Mais d'abord pourquoi, et de qui êtes-vous fou ?

Pour qui connaissait Georges, on ne trouvera pas étonnant qu'il répondît, — disons le mot, — aussi brusquement, les hésitations en pareil cas étant taxées par lui de naïveté.

Avec les femmes, disait-il, il faut être audacieux jusqu'à la témérité.

Il est bien rare, disait-il encore, qu'un homme souffleté par une femme n'arrive pas à obtenir ce qu'il a demandé.

Il répondit franchement.

— Pourquoi je suis fou ? mademoiselle, parce que je suis amoureux !

Et de qui je suis fou ? de vous, mademoiselle..... je vous aime !.....

Hélène rougit ; — elle s'y attendait bien un peu, mais elle ne supposait pas que son cavalier menât si cavalièrement les choses et qu'il était aussi audacieux en amour que dans le danger.

La danse finissait, il ne put savoir quelle impression avait faite sa vive déclaration sur le cœur de la jeune fille.

Il attendit avec angoisses l'occasion de danser une dernière fois avec Hélène, sans manquer aux convenances.

L'heure avançait !

Quelques invités commençaient à se retirer, il crut un moment qu'il n'aurait pas de nouveau le bonheur de serrer Hélène contre son cœur.

La maîtresse de la maison, voyant ces apprêts de départ, demanda, à la grande joie de tous, « une dernière polka. »

Cette demande, faite à haute voix, fut saluée par tout l'auditoire jeune, par des applaudissements ; l'orchestre se fit entendre de nouveau.

Georges s'approcha aussitôt d'Hélène.

— Me ferez-vous l'honneur de danser cette polka, mademoiselle?

— Mais je crois que je l'ai promise, répondit-elle.

— Comme c'est contrariant ! Moi qui était si heureux, moi qui...

Brusquement elle l'interrompit, prit le bras que lui tendait Georges en disant : « Ah ! ma foi ! tant pis, mon cavalier n'étant pas plus exact, ce sera de sa faute, dansons. »

Cette manière hardie de trancher une question aussi délicate plut beaucoup à Georges, il en fut très-touché et très-flatté.

A peine le premier pas de la polka commencé, il reprit sa conversation.

— Que pensez-vous de moi ? mademoiselle, et surtout vous rappelez-vous ce que je vous ai dit ?

Vous dire s'il tremblait en attendant la réponse à la question qu'il avait faite.....

— Mais rien, que voulez-vous que je vous dise, moi ?

— C'est pourtant bien facile, vous seule êtes en jeu.

Je vous ai déplu, certainement, et vous m'en voulez d'avoir été si osé.

— Je ne puis vous répondre que ceci : Dites-le à maman.

— Et quoi ? Que je vous aime ?

— Oh ! monsieur, je ne vous avais pas dit de le répéter.

— Cela vous ennuie alors ?

Et en baissant ses beaux yeux, elle lui répondit :

— Puisque je n'ai pas attendu le cavalier à qui j'avais promis la polka.

— Mais, il n'était pas là.

— Il serait bien venu.

— C'est vrai ! et je vous remercie.

Permettez-moi de résumer ma question.

Ce que je vous ai dit a dû vous ennuyer, vous être indifférent ou.... ne pas vous déplaire.

Répondez-moi, en grâce! je vous le demande au nom du dévouement que j'ai été trop heureux de vous prouver, quelle impression ma déclaration vous a-t-elle faite?

Et pour que vous puissiez me répondre en toute franchise et sans embarras, **nous** allons les classer par numéros ; est-ce le n° 1, 2 ou 3?

— Soit, je vous répondrai, puisque vous invoquez une chose au nom de laquelle je n'ai rien à vous refuser, mais redites-moi la classification des numéros, afin que je ne fasse pas d'erreur.

— Voici : vous avoir ennuyée n° 1; vous être indifférent n° 2; ne pas vous déplaire n° 3.

Georges finissait à peine d'élucider sa question en la précisant, que l'orchestre fit entendre ses derniers accords : la polka était terminée.

En accompagnant Hélène à sa place, il la supplia de lui répondre.

— Voyons, lui dit-il, un ! deux ! dites ? oh ! mais dites !

Ils étaient déjà devant sa chaise. Georges lui jeta un regard à la fois amoureux et suppliant.

Hélène n'y résista pas.

— Trois, dit-elle en s'asseyant.

— Merci, mademoiselle, merci ! dit Georges en lui faisant sa plus gracieuse révérence.

Les amies d'Hélène n'entendirent pas

prononcer ce chiffre 3, auquel du reste elles n'eussent rien compris, et crurent que le merci réitéré de Georges était simplement un merci poli, comme cela doit toujours être en pareil cas.

Et c'était l'affirmation certaine que son amour était partagé.

Georges se retira de ce bal radieux et amoureux fou.

Quant à Hélène, en se séparant de toutes ses amies, elle les embrassa ce soir-là avec une force à laquelle elles étaient peu accoutumées.

L'amour des femmes se trahit souvent par des soufflets ou par des baisers.

XII

Georges et Hélène s'aimaient! ils se l'é-
taient dit, et en étaient heureux.

Restait le couronnement de leur amour,
c'est-à-dire le mariage.

Georges à cet égard était plein d'inquiétudes.

Plusieurs difficultés restaient à surmonter.

D'abord trouver un ami qui voulût bien se charger de demander pour lui la main d'Hélène, et qui de plus sût faire ressortir sa position.

Ensuite, vaincre la résistance des parents pour qu'ils voulussent bien consentir à se séparer de leur fille.

C'est surtout en province où on aime à marier sa fille avec le voisin d'en face. La marier au loin leur paraît toujours un danger.

Nous l'avons dit, Georges n'était pas l'homme des hésitations ; il mit son projet en tête et voulut le réaliser dans le plus bref délai possible.

Il s'enquit de toutes les personnes qui habitaient ***

Il fit des visites. C'était si peu dans ses

goûts ! mais il s'en consolait et se donnait du courage en se disant :

« C'est pour elle, pour Hélène, que je fais tout ça !

Pouvoir l'appeler ma femme ! comme ce sera doux et bon ! »

Il rencontra, précisément, un ami de son père qui habitait un chalet.

Il lui fit une visite, se mit au mieux avec lui, fut aimable avec madame, caressa les enfants, donna du sucre au petit chien et des pièces blanches aux domestiques.

Bref, il se fit l'ami de la maison.

Un jour, entre la poire et le fromage, il parla de M. et de Mme ***, et de leur fille Hélène.

— C'est une riche héritière de la contrée, lui dit-on.

- Tant pis, pensa-t-il ; car plus elle sera riche, moins j'aurai de chance.

Comme on le voit, il avait aimé cette jeune fille un peu en fou, sans s'inquiéter de sa position de fortune.

Il lui avait suffi de voir qu'elle appartenait à une bonne famille ; quant à sa dot, peu lui importait.

C'était une femme, comme il en avait rêvé une, et il l'avait aimée.

Il s'était bien promis de ne se marier que de cette manière-là.

Ces mariages où, comme dans un procès, deux parties se trouvent en présence cherchant, au lieu de s'accorder, à se disputer sur le plus ou moins d'argent qu'apportent les parties contractantes, l'avaient toujours écœuré.

Cette façon de marier une jeune fille, — pardon de la comparaison — comme on achète un cheval : celui-là ne me plait pas, faites-en sortir un autre, le révoltait et l'irritait.

Je me marie parce qu'elle me plait et parce que je lui conviens. Voilà mes idées, se disait-il. De là doit dépendre tout le bonheur de la vie, et ce n'est pas quelques mille francs de rentes de plus ou de moins qui me feront supporter une femme insupportable.

Je ne suis pas pour la chambre à deux lits ; donc je veux mettre dans le mien une femme et non pas une associée à mes affaires.

S'il avait de telles idées sur le mariage, il ne se dissimulait pas qu'elles étaient

6

loin d'être partagés par tous. Aussi dès qu'on lui eut dit qu'Hélène était une riche héritière, il réfléchit en se disant :

Qu'est-ce que ça peut faire aux parents qu'elle me plaise et que je lui convienne! Avant de voir que nous nous aimons et que par conséquent nous serons heureux ensemble, ils s'informeront si ma fortune est en raison de la sienne.

L'argent! toujours l'argent!

Il n'était plus temps maintenant de demander si les positions pouvaient s'accorder.

Non, il était amoureux fou d'Hélène et voulait l'épouser.

Il exprima bien timidement qu'il convoitait sa main, et demanda si on voudrait bien en faire la demande pour lui.

L'ami de son père lui répondit qu'en raison de l'amitié qu'il lui avait toujours portée, il se chargerait de faire la demande, mais qu'il croyait devoir le prévenir qu'il lui semblait avoir peu de chances.

— Je connais votre belle conduite à l'égard de mademoiselle Hélène, mais vous savez, il y a bien des considérations à garder, etc., etc., etc.

— Enfin, répondit Georges, faites ce que vous pourrez, et demandez surtout à ce qu'on consulte la jeune fille.

Quant à ma position, comme vous ne la connaissez guère, dites qu'on prenne des renseignements à Paris, et tâchez aussi qu'en les prenant on ne s'adresse pas trop aux jaloux. — Je suis jeune, ma position promet d'être brillante; j'ai donc des jaloux, et ils sont nombreux, puisque je dois arriver plus haut.

Il emporta la promesse formelle qu'on ferait pour le mieux; on le pria de revenir le lendemain à dîner pour connaître le résultat de la démarche.

XIII

Georges dormit peu ou point cette nuit-
là.

Il était dans une inquiétude que l'on
comprendra facilement.

Comment allait être reçue cette demande
en mariage?

6

Comment l'accueillerait-on?

Et surtout que répondrait-on?

Son imagination était tourmentée à tel point qu'il eut beau faire, il ne put chasser de son cerveau ces pensées, qui toutes le rendaient perplexe.

Dans la journée, se promenant sur le bord de la mer, il aperçut Hélène avec toutes ses amies en train de rire et de folâtrer, mais il crut voir qu'elle paraissait soucieuse.

Il chercha du regard sa mère et ne la vit pas.

Qui sait? pensa-t-il, on est venu peut-être l'avertir qu'une visite l'attendait chez elle; et quand je pense, se disait-il, qu'à cette heure peut-être, on fait pour moi la demande en mariage de cette jolie

demoiselle qui ne se doute guère
que deux destinées se jouent en ce moment ; j'en frissonne.

L'heure du dîner arriva enfin !

Avec quelles préoccupations il parcourut
le petit espace de terrain qui le séparait
du chalet de l'ami de son père !

Au moment de franchir le seuil de cette
maison, d'où il était sorti la veille avec
la promesse formelle qu'aujourd'hui à cette
heure on lui donnerait une réponse catégorique sur la demande en mariage qu'on
devait faire pour lui, il devint pâle, une
sueur froide envahit son front.

Que vais-je apprendre ? se dit-il ; je
sens que toute ma vie, ma destinée vient
de se décider.

Si on me la refusait carrément ?

Si on demandait à réfléchir ?

Si on m'acceptait?

Oh! cette attente est trop douloureuse,
Et pressant le pas, entrons, dit-il.

La première personne qu'il rencontra
fut un tout petit bébé de quatre ans qui
lui courut dans les jambes en lui disant
dans son jargon.

— Papa se déshabille, il va venir.

Impatienté d'attendre, et ne voyant personne autre que ce bambin, il s'assit dans
un fauteuil et prit le moutard sur ses
genoux :

— Ton papa est sorti aujourd'hui? demanda-t-il au gamin.

— Oui, et il était beau, bien beau, papa.

— Et dis-moi, continua-t-il, sais-tu où il
est allé ton papa ?

— Oui.

— Et où ?

— Chez Hélène, tu sais bien... cette demoiselle qui nage si bien, et qui a failli mourir l'autre jour.

— Est-ce qu'il y est resté longtemps ? As-tu remarqué ?

— Oh ! ça, je ne sais pas.

— Étais-tu là quand il est revenu ?

— Oui.

— Et qu'a-t-il dit en rentrant ?

— Rien. Seulement en montant l'escalier, papa parlait tout seul.

— As-tu entendu ce qu'il disait ?

— Oh ! non, parce qu'il ne parlait pas fort.

Décidément se pensa Georges, je ne saurai rien ; patientons !...

Mais comme il remettait le bambin sur ses jambes, le père entra.

— Pas de chance, mon pauvre ami, lui dit son protecteur en lui tendant la main ; je suis fâché de vous le dire, croyez-le bien, mais j'ai obtenu un refus catégorique.

— Si catégorique que ça ?

— Oh ! oui, net. La mère d'Hélène ne peut s'expliquer, a-t-elle laissé échapper, votre hardiesse.

Nous devons toute notre reconnaissance à ce jeune homme, a-t-elle dit, et nous lui en saurons gré toute notre vie, mais nous ne pouvons pas lui donner la main de notre fille pour le lui témoigner. Et puis, entre nous, a-t-elle ajouté, ce jeune homme est presque un gamin, et

Hélène du reste est encore trop jeune pour
songer à la marier.

Je vous avouerai franchement, mon cher
monsieur Georges, que vous n'êtes guère
dans ses bonnes grâces; et vous compren-
drez, ajouta-t-il, qu'en présence d'un refus
aussi absolu, je n'ai pas cru devoir insister.

Quant à moi, je suis sûr que Mᵐᵉ *** a
de hautes visées pour sa fille, et comme
c'est une maîtresse femme elle ne veut
pas pour sa demoiselle un homme qui
ait sa position à faire, mais bien un
homme qui l'ait toute faite.

Je vous l'ai dit hier, Mˡˡᵉ Hélène est une
riche héritière, et ses parents sont ambitieux pour elle.

Ce que je vois de plus clair en tout
ceci, mon cher ami, et c'est même un con-

seil que je vous donnerai, ne pensez plus
à Hélène. Oubliez-la.

La conversation que j'ai eue avec son père
et sa mère m'a prouvé que jamais elle
ne serait votre femme.

Vous êtes jeune, vous n'avez pas encore
vingt-quatre ans, c'est une petite amourette,
ça vous passera, et puis à votre âge, ça
n'est pas sérieux.

Georges était atterré; il reçut ce petit
discours comme on reçoit une douche d'eau
glacée par 25° de froid, sans se rendre
compte de ce qui lui arrivait.

C'est pour cela qu'avec son caractère vif
et pétulant, il laissa sans réponse bien
des choses qu'il n'eût pas laissées passer en
d'autres circonstances.

Mais se dominant et retenant des san-

glots qui allaient lui échapper, alors, dit-il,
je suis refusé.

— Oui, mon cher.

Mais voilà-t-il pas une belle affaire ! Ne
parlons plus de ça, et si vous le voulez bien
allons dîner.

Je vous laisse à penser le triste dîner
que fit le pauvre Georges, car il lui sembla
qu'en présence de ce refus, son amour
redoublait et qu'il aimait Hélène bien plus
qu'il ne l'avait cru jusqu'à ce jour.

8

XIV

La nuit de ce jour néfaste Georges
dormit encore moins que la nuit précé-
dente, il ne fit que penser à l'objet de ses
rêves, et au moyen qu'il pourrait employer
pour faire savoir à Hélène ce qui s'était
passé.

Il ne se dissimulait pas qu'elle ignorait,
et qu'elle ne saurait jamais peut-être, qu'il
l'avait demandée en mariage, et il voulait le
lui faire savoir.

Comment? Là, était la difficulté, vu le peu de rapports qu'ils avaient ensemble.

Le hasard, ce dieu des amoureux, le favorisa comme jamais il n'eût osé l'espérer.

Le lendemain il entendit projeter une partie de cheval en forêt.

Se procurer un cheval devint une difficulté, mais il finit par en trouver un et put de la sorte, au jour désigné, se joindre à la cavalcade.

.   .   .   .

Comme il y avait beaucoup de monde, des papas, des mamans, des jeunes filles et des jeunes gens, il lui fut facile de s'approcher d'Hélène et de lui dire tout bas, et sans être entendu de ses voisines :

« J'ai à vous parler, mademoiselle, écartez-vous un peu du groupe. »

Hélène, nous l'avons dit, était audacieuse en tout, aussi bien à la mer qu'à cheval ; elle n'eut pas plutôt entendu ce que lui demandait Georges que, donnant un vigoureux coup de cravache à sa monture, elle devança de quelques centaines de mètres ses amies, en faisant en sorte de passer le plus possible sur les contre-allées afin de pouvoir être dissimulée par les arbres.

Comme la cavalcade était nombreuse on ne s'aperçut pas de sa disparition, et quand même, on aurait cru à quelque caprice, de la folle Hélène (comme on l'appelait), on ne s'en fût pas inquiété.

Georges enfonça ses deux éperons dans les flancs de son cheval et la rejoignit aussitôt

Prévoyant que le temps leur manquerait sans doute, il attaqua la conversation sans détours.

— Mademoiselle, lui dit-il, hier je vous ai fait demander en mariage, et on m'a impitoyablement refusé.

Vous l'a-t-on dit? C'est ce que je désirerais savoir de vous.

— Non, Monsieur, répondit Hélène, en rougissant, et très-étonnée de ce qui lui était dit.

— Si on vous avait consultée, continua Georges, qu'auriez-vous répondu?

Excusez-moi, mademoiselle, de cette brièveté de langage, mais le temps dont je suis favorisé sera sans doute très-court; aussi ne puis-je avoir tous les égards que je vous dois.

— Vous êtes tout excusé, Monsieur.

— Merci.

Je vous prierai, mademoiselle, de me dire franchement ce que vous auriez dit si on vous avait fait part de ma demande ?

— Vous voulez que je sois franche, Monsieur ?

— Oh ! oui.

— Eh bien, monsieur, au risque d'être prise par vous pour une jeune personne inconséquente, je ne dois pas oublier ce dont je vous suis redevable ; vous avez donc doublement droit à ma franchise. J'aurais accepté.

— Comme vous êtes bonne et que je vous aime !

— On vient, séparons-nous.

— Un mot encore.

— Demain vers dix heures du matin, soyez assez aimable d'aller du côté de la villa Moryx, et dans l'espace qui sépare le chalet de la mer vous verrez tracé sur **le** sable la lettre H ; dans le milieu de la lettre il y aura un coquillage, soulevez-le, **et** vous trouverez une lettre pour vous.

Je ne serai vraiment heureux, mademoiselle, que si vous me promettez de faire ce que je vous demande.

La cavalcade approchait.

Hélène se mit avec le groupe des cavaliers, et se retournant vers Georges, lui dit au milieu d'un éclat de rire. — J'irai.

Autant les journées précédentes avaient attristé notre pauvre héros, autant celle-ci le rendit heureux.

XV

Le soir de cette bonne journée, en rentrant chez lui, Georges prit du papier et
écrivit :

« Mademoiselle,

Je vous l'ai dit et je vous le répète, je
vous aime !

Vous voulez bien ne pas me repousser,
merci.

Vous êtes belle et vous êtes bonne !

7.

Je vous le jure, et je vous le promets, je vous aimerai toute ma vie.

J'ai demandé votre main, on me l'a refusée ; heureusement pour moi, et je vous en remercie, vous n'auriez pas fait ce que l'on a fait pour vous.

Mais que faire ? que devenir ?

Moi qui vous aime tant ! Moi qui serais si heureux de vous aimer toujours !

S'il ne s'agissait que d'attendre, j'attendrais !

Ah ! que ne suis-je mort en vous sauvant ! J'aurais été si heureux de mourir pour vous, — puisque je ne puis vous aimer !

Quand je pense que peut-être vous serez la femme d'un autre ! Moi qui vous aurais tant aimée !

Ah ! que je suis donc malheureux !

Et pourtant je suis heureux, puisque vous ne me repoussez pas et que je vous aime !

Que dois-je faire ? Comme vous seriez aimable de me le dire !

Dois-je désespérer ? . . . .

. . . .

Celui qui vous aime plus que sa vie.
                          Georges SIOUL.

Demain à la même heure je viendrai voir à la même place. Que je serais heureux d'y trouver votre chère réponse !

. . . . »

Georges sortit de sa chambre après avoir fait sa lettre et la porta à l'endroit indiqué en se conformant à ce qu'il avait prescrit.

Puis, il rentra chez lui et s'endormit heureux comme on l'est à vingt ans quand on est amoureux.

XVI

La villa Moryx qu'avait choisie Georges
pour déposer son message, était habitée
par un ami de la famille d'Hélène, qui
précisément ce jour-là sortit plus tôt que
d'ordinaire. En se promenant du côté de
la mer, il butta contre le coquillage qui re-
couvrait la missive de Georges, et voyant

une lettre cacheté, sans suscription, la décacheta et la lut.

Après la lecture de cette lettre, il regarda de nouveau la signature.

Georges Sioul, dit-il, mais c'est le jeune Parisien qui a sauvé Hélène. Et il n'eut rien de plus pressé que de la remettre à son père.

.   .   .   .   ,   .

Le père, furieux de voir qu'on entretenait une correspondance amoureuse avec sa fille, écrivit de suite à M. Georges ce qui suit:

« Monsieur,

Après avoir sauvé la vie à ma fille, vous aviez droit à toute notre reconnaissance et à toute notre amitié.

Mais en présence de la lettre que vous avez osé lui écrire et qui vient de m'être remise, vous ne trouverez pas mauvais que nous vous retirions à la fois et notre amitié et notre reconnaissance.

X..... »

* *
*

Cette lettre fut remise à Georges à son déjeuner, au moment où il allait se mettre à table. Il resta comme foudroyé après l'avoir lue.

Malheureux, pensa-t-il! qu'ai-je fait? .

. . . .

Et en proie à la plus vive peine, il résolut de partir immédiatement. . . . .

. . . .

Le lendemain matin, Georges Sioul, arrivait à Paris.

XVII

Robert d'Amont, l'associé et l'ami de Georges, fut enchanté de son retour.

Les deux amis se racontèrent mutuellement ce qui s'était passé pendant leur absence ; Georges, tout éploré et tout émotionné de ce qui lui était arrivé, raconta en

longs détails la dramatique histoire amoureuse dont il avait été l'un des principaux
acteurs.

.   .   .   .

Et, ce qu'il y a de plus triste et de plus
malheureux en tout ça, dit Georges qui
avait terminé son odyssée, c'est que je suis
amoureux fou de cette jeune fille, que je
ne reverrai sans doute jamais.

— Fou! vous avez dit le mot, lui répondit Robert; oui, il faut franchement être
fou pour songer à se marier à votre âge.

Je ne vous aurais jamais cru si jeune,
mon cher!

C'est tout à fait digne d'un écolier,
votre histoire, l'héroïsme en plus; vous
voyez que je reconnais le mérite que vous
avez eu en arrachant à une mort certaine
cette jeune fille.

Mais vous éprendre d'un amour insensé pour elle, voilà ce que je ne m'explique pas.

— Parbleu ! vous, vous n'aimez personne.

— Pardon, j'aime tout ce qui est bon ; c'est pourquoi je laisse l'amour aux autres. Vous, vous aimez une femme, moi je les aime toutes ; c'est moins dangereux à tous les points de vue.

— Vous le savez, mon cher Robert, nous ne nous accorderons jamais sur ce chapitre-là.

Qu'est-ce que vous désirez, vous ? du plaisir !

Eh bien ! moi, ce que je veux, ce que j'aime, ce que je demande et ce que j'aurai, ne vous en déplaise, c'est du bonheur.

— Êtes-vous assez provincial !

Je vous demande un peu où vous en

voyez et où vous pouvez en trouver du bonheur dans cette galère de vie.

C'est tout bonnement pyramidal ce que vous dites-là.

Un homme qui connaissait bien le cœur humain, l'abbé Prévost, a écrit quelque part :

« De la manière dont nous sommes organisés, le plus grand bonheur qu'on puisse avoir sur cette terre, c'est le plaisir. »

— Vous oubliez de dire que l'abbé Prévost ajoutait :

« Et je nie qu'il y en ait de plus grand que celui de l'amour. »

— D'accord ; mais je vous prierai de me dire où vous voyez l'amour dans le mariage.

— J'avoue que dans beaucoup de ménages l'amour joue un bien petit rôle, mais dans le mien il jouera le premier et le plus grand, je vous l'affirme.

— Allons donc! vous ferez comme les autres.

— Vous voyez bien que non.

— Pour le résultat que vous avez obtenu, ce n'est vraiment pas la peine d'en parler.

— Mais je ne vois pas qu'il soit si mauvais.

J'aime cette jeune fille, je crois que de son côté elle m'aime aussi ; sans les parents, je l'eusse certainement épousée et nous aurions été heureux.

— Superbe! sans les parents! mais vous aviez donc oublié que c'est surtout avec eux qu'il faut compter?

— J'avoue que j'ai été un peu à l'aventure. Mais ne suis-je pas à plaindre, je vous le demande ?

Et ce père et cette mère n'ont-ils pas eu tort de me refuser la main de leur fille? Je le sens, nous aurions été si heureux!...

— Je ne saurais trop vous le répéter, mon cher Georges, vous prétendez savoir ce que c'est que la vie et en fait vous êtes toujours victime de vos idées.

Comment! vous avez été assez naïf de supposer que, parce que vous avez eu la bonne fortune de faire la connaissance d'une charmante jeune fille, qui vous a plu et à qui vous n'avez pas été indifférent, on allait vous marier!

Parce qu'à la suite de vos relations vous êtes devenus amoureux l'un de l'autre, vous voudriez qu'on vous mariât. Mais, mon cher, cela ne se passe comme vous le désirez que dans les romans, et encore le lecteur étant avide de péripéties, on le fait passer par mille détours, avant de le faire arriver au mariage final.

Notre siècle, mon cher, vous le savez et on ne s'en douterait guère, est un siècle où on ne traite que des affaires.

Les intérêts avant tout; puis vient l'amour, l'amitié et la famille.

Il n'y a de vraiment honnête dans cette société corrompue, que les jeunes, — parce qu'ils sont jeunes, — et encore il est bon de dire qu'ils se font vieux avant l'âge.

Tout le monde sur cette misérable terre veut être et paraître.

L'envie du plaisir, des jouissances matérielles en un mot, nous dévore tous.

Les intérêts et l'égoïsme priment tout.

Et cela est si vrai que nous ne croyons plus à rien.

Ce qui fait que de déduction en déduction nous sommes arrivés à cette conclusion : l'homme, et la femme, *mâle et femelle!* les instincts brutaux nous mènent et nous gouvernent. L'amour charnel a dix fois plus de force que l'amour idéal.

Toutes les femmes vous diront : On ne tient pas les hommes par le cœur, mais bien par la..... comme les singes.

Nous sommes dépravés au possible et, loin de nous guérir, nous ne nous pervertissons que davantage.

On manque de justice, on juge trop selon les faits accomplis. On est sans pitié! sans égards pour ceux qui débutent dans n'importe qu'elle carrière.

Ainsi, moi qui vous parle, avant de nous associer, j'avais essayé d'attirer la confiance et certainement je la méritais.

Eh bien, mon cher, j'ai été conspué comme les autres. On ne croyait pas en moi, on ne voulait pas ajouter foi à mes idées.

A présent, vous entendez dire : D'Amont à réussi, ce n'est pas étonnant, c'était un jeune homme sage, capable, et surtout très-intelligent. Et si j'avais échoué, les mêmes personnes qui font mon éloge diraient : Ce n'est pas étonnant, c'était un jeune homme sage, peut-être, mais peu habile et surtout ne connaissant rien de ce qu'il entreprenait. Voilà!....

Et puis, voyez-vous, on ne veut aider et encourager que ce qui ne mérite pas de l'être. C'est triste à dire, mais c'est comme ça!

8

C'est ce qui fait que toutes les mau-
vaises et folles entreprises trouvent des
capitalistes, alors qu'un homme d'affaires
qui n'a de ressources que dans son travail
ne trouve pas un sou.

Réellement tout ça finira mal.

Autrefois on pouvait dire : L'habit ne fait
pas le moine.

De nos jours c'est surtout l'habit qui
fait l'homme.

Pauvreté n'est pas vice, pouvait-on dire
encore. Eh bien, je vous le demande, quelle
chose est plus taxée de vice que la pauvreté !

Quel crime est plus grand sur cette
terre que celui d'être pauvre !

Tout est faux de nos jours.

Ne trouvez-vous pas écœurant ce fa-

meux mur de la vie privée, inventé par
nos grands politiciens qui doivent avoir
certainement bien des choses à cacher ?
Si vous reprochez à tel homme politique
sa vie honteuse :

Halte-là, vous dira-t-on, c'est de la vie
privée ça, vous n'avez rien à y voir,
car ça ne vous regarde pas.

Pardon, monsieur, dès l'instant où vous
vous êtes fait homme public, vous m'ap-
partenez ; j'ai donc le droit de scruter votre
conduite.

Ce n'est pas moi qui suis venu vous
chercher ; donc, subissez mon interro-
gatoire, et, avant de faire de la morale
aux autres, faites-en à vous-même.

Il faut que nous soyons bien démoralisés pour qu'une semblable doctrine ait pu s'implanter.

Ne pas toucher à la vie privée du premier passant venu, bon, d'accord; mais, dès le moment où vous êtes budgétivore, j'ai le droit et, je dirai même plus, le devoir de vous démasquer et d'exiger de vous un honnête homme dans vos fonctions publiques comme dans vos actions les plus intimes.

C'est ce qui me fait dire que les fonctionaires devraient toujours être les plus dignes parmi les plus méritants.

N'est-ce pas stupéfiant de supposer un président de Cour ou un ministre, honnête homme dans ses actes publics, et, à côté de ça, mauvais père de famille ?

Non, cela ne peut être admis par aucune conscience honnête.

Je me résume. A bas le mur de la vie privée, et, sans faire de politique, j'ajouterai : les gouvernements doivent avoir pour base l'honnêteté; pour moyen, la modération, et pour but, le bonheur de tous.

— Mon cher d'Amont, je n'ai pas à vous dire que je partage votre manière de voir. La société pèche par l'honnêteté, ceci est une vérité flagrante; seulement je suis à me demander si c'est avec vos idées démoralisantes pour la plupart que vous croyez arriver à lui faire aimer ce dont elle aurait tant besoin : l'honneur.

— Notez bien, mon cher, que je n'ai pas la prétention de l'améliorer, car mon avis est qu'il y aurait trop à faire.

8.

Je critique, et c'est tout.

On n'a qu'à voir si mes assertions sont fondées.

— Et vous continuez, vous, à mener une vie de débauché !

— Permettez-moi de vous dire, sans nous fâcher, que cela ne regarde que moi,

— Oui, et comme tout le monde tient votre raisonnement, on en arrive à la constitution d'une société comme la nôtre, que beaucoup traitent de marâtre.

— Votre raisonnement porte à faux ; car je vous ferai observer que ce n'est pas moi qui ai fait cette Société, je ne suis que son enfant, son produit, si vous aimez mieux, ce qui est bien différent.

— Soit, mais, alors, quand pensez-vous qu'elle s'améliorera?

— Ça la regarde.

— Egoïste !

— Pas si égoïste que ça, puisque je n'ai pas vos idées; moi je ne veux pas me marier, d'abord, parce que je trouve inique de signer un bail perpétuel, n'étant pas certain d'être heureux toute ma vie avec celle que je choisirai, car malheureusement c'est irrévocable, c'est sans appel !

Drôles de mœurs ! avouez-le.

Ah ! si nous avions le divorce, ce serait différent.

Et puis, ma crainte, surtout, serait d'avoir des enfants. Créer de pauvres petits êtres pour leur faire mener la vie que nous menons, et quelquefois pire !

Tenez, je ne comprends pas qu'un homme qui sait ce que c'est que la vie, soit assez fou pour avoir des enfants, à moins qu'il n'ait une fortune à leur laisser.

Dans le cas contraire, c'est un sot, un imbécile, et, de plus, un grand coupable !

Un père à qui je reprochais de faire annuellement un enfant à sa femme, et à qui je disais :

Vous ne comprenez donc pas que vous ne faites que des malheureux ! n'hésita pas à me répondre :

Vous êtes bon, vous ! et les consolations qu'ils vous donnent donc !

Pour un peu, il aurait eu l'audace d'ajouter que la fabrication lui plaisait.

N'est-ce pas, je vous le demande, le dernier mot de l'égoïsme ?

— Vous avez, il faut convenir, de drôles d'idées ; pas de mariage et pas d'enfants, mais c'est tout simplement la fin du monde que vous demandez.

— Et quand cela serait !

— Oh ! alors !

— Allons, mon cher, ne vous faites pas meilleur que vous n'êtes.

Vous n'êtes pas de ceux, je le suppose, qui déploreriez la fin de notre société.

Vous le savez, les habiles la divisent en deux classes : les exploiteurs et les exploités.

On a dit aussi : Si sur la terre il n'y avait que trois individus, les deux plus habiles s'entendraient entre eux pour se faire servir par le troisième.

Ne pas être le troisième, tout est là.

Alors tout le monde lutte pour arriver! A quoi? à beaucoup de peine, toujours, et à peu de plaisir, souvent.

— Et à qui la faute?

Aux hommes comme vous, qui, avec votre scepticisme, corrompez tout et dégoûtez de tout.

— Mais non, c'est la société qui est comme ça, et vous, comme les autres, en subissez l'influence. Nous verrons quand vous aurez habité Paris quelques années. Comme les autres, vous serez entraîné par le courant, j'en suis certain.

Mais laissez-moi reprendre mon idée.

Nous menons une vie des plus agitées,

des plus févreuses ; nous vivons vite en un mot.

Alors les événements se succèdent avec rapidité, les émotions, les déceptions, les désillusions, tout va, court, vole, et à tel point, que vous les apercevez à peine.

Vous avez la tête bourrée de soucis, de peines et même de plaisirs.

Vous ne vivez pas, vous vous consumez.

Aussi, souvent, vous êtes atteint de cette maladie, qu'un romancier définissait ainsi :

Cette mal-aria parisienne qui tue le corps par les souffrances de l'âme, et l'âme par les souffrances du corps.

Voyez si, après cela, vous êtes avide d'émotions ; non, vous avez à en revendre, comme on dit vulgairement.

Après ça, d'aucuns disent : On ne lit plus, le journal a tué le livre. Est-ce qu'on a le temps de lire !

On ne va même plus au théâtre, si ce n'est pour entendre chanter quelques couplets grivois par une fille à demi-nue.

Ne désespérez donc pas, faiseurs d'opérettes ! Plus nous irons, plus votre règne s'intronisera. Et quand vous entendrez dire par quelques soi-disant moralistes, plus ou moins ventrus, que ce genre-là est mort, soyez bien persuadés que leur jugeote ne va pas au delà de leur ventre.

Aller écouter la pièce d'un auteur quelconque qui vous fait passer son héros par toutes les péripéties et les situations les plus risquées, et qui couronne le tout par un mariage ou par la mort du traître de son histoire, cela vous énerve plus que ça ne vous amuse.

Je me suis vu dans des situations autrement embarrassantes, pensera tel boursier.

Et moi donc, se dira tout bas Mme ***, quand Arthur rentra au beau milieu de la nuit et que je le croyais à Dieppe. .   ..

. . . .

Aussi les pièces à femmes resteront-elles toujours en honneur, jusqu'à ce que la saine morale ne triomphe.

— Oui, mais quand triomphera-t-elle ?

— Quand on se mariera, d'Amont, comme on devrait le faire ; et qu'on ne passera pas la plus grande partie de sa jeunesse dans les boudoirs des filles prostituées.

9

— Décidément, l'idée du mariage chez vous est une monomanie. Vous devriez pourtant en être désillusionné après votre triste équipée !

— Du tout, la jeune fille que j'aime eût été, j'ose le croire, heureuse de devenir ma femme. Ses parents ne l'ont pas voulu, c'est à eux qu'en remonte la faute.

— Et savez-vous ce qu'ils représentent pour moi ces parents ?

— Non.

— La société moderne, mon cher, cette société qui ne croit et ne veut croire qu'aux gens arrivés !

Que de gens ont une très-belle position sociale qu'ils n'ont acquise qu'à force de vilénies et de bassesses, — qu'importe !

Ils possèdent, ils ont, ils sont !

Et la société, si scrupuleuse parfois, ne leur en demande pas davantage.

Ce qui m'a dégoûté des hommes en général, c'est qu'ils n'admettent pas qu'on puisse arriver sans ramper. Les malins vous diront : La vie est une cotterie, il il faut savoir se plier aux exigences.

Du savoir, c'est inutile ; on ne vous en demande pas ; du savoir-faire, voilà le grand levier.

Je n'ai pas la prétention de connaître les femmes, car il n'y a que le diable qui puisse savoir ce qu'elles sont, mais j'ai beaucoup vécu dans leur intimité, et je

dois dire que par elles j'ai appris à con-
naitre les hommes.

Dans le grand monde, on se marie afin
de pouvoir vivre à son goût et à sa guise.
— Aussi, pauvres maris !

Dans le monde bourgeois, on se marie
pour faire comme les autres et savoir ce
que c'est?

Dans le peuple, on se marie pour avoir
des enfants, et on en a.

C'est bien, mais c'est bête, puisque
c'est bien !

— Vous êtes démoralisant!

— Ecoutez-moi, cela pourra vous servir.
En amour, je dis qu'il n'y a que les
sots qui aiment; les hommes intelligents
savent se faire aimer et n'aiment pas.

Autre théorie :

L'amour ne peut pas être fixe ; pour qu'il y ait réellement amour, il faut qu'il n'y ait jamais contrat, à moins qu'il ne puisse se déchirer.

C'est ce qui me fait dire que dans le mariage, l'amour ne peut être que passager et de courte durée.

On aime mieux sa maîtresse que sa femme, parce que votre maîtresse peut vous abandonner tandis que votre femme ne le peut pas.

L'équilibre ne sera réellement établi que par le divorce !

Je le demanderai donc pour l'amour, et par humanité.

— Et les enfants, qu'en faites-vous ?

— Ça ne me regarde pas ! C'est l'affaire

de nos législateurs, et vous savez si nous en manquons.

Je vous dis où est le mal et quel est le remède. L'apothicaire est facile à trouver.

Je reviens à vous, mon cher Georges, à votre situation d'amoureux, idée folle s'il en fût jamais !

Croyez-moi, oubliez et prenez une maîtresse. Le remède est souverain, je vous le recommande, et, si vous le permettez, je vous exposerai ma théorie à ce sujet.

— Je vous écoute.

— Avec ces femmes, mon cher, il faut être impératif autant qu'on le peut, toujours si possible, — et au lit, être caressant en raison de ce que vous les avez brusquées.

Dépenser en plaisir tout l'argent que l'on a, — ne leur en donner jamais.

Toutes vous diront qu'elles n'aiment

pas l'homme qui les paye. Nous nous donnons ou nous nous vendons, pas de milieu, disent-elles.

Il suffit que vous leur donniez de l'argent pour qu'elles ne vous aiment pas ; c'est ce qui fait que vous voyez souvent un homme charmant à tous égards, délaissé par sa maîtresse pour un homme bien moins bien que lui, à tous les points de vue.

En agissant comme je vous le dis, on n'est jamais malheureux ; car on n'est pas jaloux d'une femme qui vous aime, mais on est jaloux d'une femme qui ne vous aime pas.

Ce que je vous dis là me remet en mémoire un mot que laissa un de mes amis, après s'être fait sauter la cervelle :

« Les femmes n'y sont pour rien et les hommes encore pour moins. »

C'était un sceptique, comme vous voyez, et il ne fut jamais malheureux. Je reprends.

C'est en raison de l'impression que vous laisse une femme que vous pouvez juger du degré de votre amour ou de votre amitié pour elle.

La femme que vous avez réellement aimée, est celle que vous détestez, haïssez même, après l'avoir abandonnée.

Celle dont vous gardez un bon souvenir ne vous a tenu que bien légèrement au cœur.

Quant à ces femmes que vous taxez de coquines, — opinion dont il faudra revenir, — voici à mon avis l'impression qu'elles font sur la partie femelle de l'humanité :

La femme du peuple — les envie.

La bourgeoise — les jalouse.

La grande dame — les singe.

Et la vraie femme — les plaint.

Quant à tous les hommes, ils les con-
voitent, — si elles sont jolies.

Puisque nous sommes sur le chapitre
des femmes, laissez-moi vous dire toute
ma pensée.

Pour elles, la toilette c'est presque tout, —
surtout pour les femmes laides et mal faites.

L'art de s'habiller a fait de tels pro-·
grès, qu'on est arrivé à rendre parfait un
ustensile dont il faut se méfier, car il est
souvent trompeur, c'est même parfois un
voleur ! Je parle du corset.

Toute la femme est dans le buste et disons franchement les choses, une femme
sans gorge n'est pas une femme.

Aussi quand je suis obligé de faire
le portrait d'une femme à poitrine
d'homme, je n'hésite pas à dire : C'est une

9

femme qui n'a de la femme que l'indispen-
sable.

— Quel scrutateur indiscret vous faites !

— C'est possible ! Mais n'ai-je pas raison ?

— Je ne dis pas le contraire.

Mais voyez-vous, quand je vous vois vous
faire le défenseur de ces femmes qui se
vendent, je ne vous comprends plus.

— Vous m'avez mal compris, je ne les
défends pas, je les explique.

Et, mon cher, ne criez pas tant contre elles !
le cinquième (soyons généreux) de la po-
pulation parisienne vit du rapport des filles
entretenues.

— C'est écœurant !

— Soit, mais c'est une vérité.

Les propriétaires qui leur louent, et il y a
peu de maisons à Paris qui n'en logent pas ;

les carrossiers, les modistes, les lingères, les couturières, les gantières, les magasins de nouveautés, de parfumerie, sans oublier tous les fournisseurs de toute sorte.

— Comme tout cela est triste!

Je conviens qu'il y a réellement peu de mains qui ne touchent de cet argent, produit de tant de hontes.

On nettoie Paris, on l'épure le plus qu'on peut au physique. Pourquoi au moral ne le laverait-on pas?

Les vieilles coutumes avaient du bon. Pourquoi a-t-on supprimé l'habitude que l'on avait autrefois d'expédier aux colonies une certaine quantité de ces drôlesses qui infectent Paris.

Pourquoi l'Etat ne ferait-il pas de temps à autre des razzias de toutes ces femmes qui pullulent dans nos rues et sur nos boulevards, et ne les enverrait-il pas expier leurs fautes en Algérie, par exemple, une si riche colonie et qui manque de bras?

Ce qui surtout m'irrite au suprême degré, c'est que l'on tolère en France la vermine des autres pays, car parmi toutes ces grues il y en a qui sont de toutes les nationalités, voire même des Prussiennes!

Vraiment nous n'avons pas d'excuses. Comment ne balaye-t-on pas toutes ces ordures?

— Vous êtes animé par de beaux sentiments, c'est vraiment honnête ce que vous demandez et c'est peut-être à cause de cela que ça ne se fait pas.

Mon opinion est que, si on devait balayer les ordures, il y aurait trop à faire.

Croyez-vous qu'il faut que certains hommes soient lâches, vils et plats ! Je parle de ceux qui vont chez une de ces femmes, sachant parfaitement qu'on doit payer, qui couchent avec elle et qui ont le cynisme de ne lui rien donner, ou qui la payent d'une façon dérisoire.

Toutes celles qui y ont été prises vous diront qu'elles ne sont volées que par des gens de mise irréprochable, même recherchée : Habillés à la dernière mode chez le grand faiseur, chapeau première marque à coiffe blanche, chaussettes de soie, bottes vernies, boutons de diamants à la chemise, chaîne de montre, breloques, bagues, etc., etc.

— C'est honteux.

— Et dire que nous sommes exposés à

rencontrer sur le boulevard ou assis à côté
de nous au théâtre, un monsieur aussi dé-
goûtant et aussi infect!

Mais dans quel siècle vivons-nous donc?

Et devant tant de honte et de lâcheté,
Dieu, qui pourrait seul punir, reste
muet!...

Tout cela m'écœure, mon cher, et a
contribué à faire de moi l'homme que vous
voyez; je suis désillusionné de tout, je ne
crois plus à rien, je le dis franchement.

A quoi pourrai-je croire après tout ce
que j'ai vu?.....

. . . .

Ne vous semble-t-il pas énervant comme
à moi de voir des hommes au-dessus de
quarante ans, et qui se disent sérieux, se
promener dans un bal public, ayant au
bras une cocotte, ou d'être à côté d'elles
dans un restaurant de nuit.

— Oh ! si certes, et, en pareil cas, je suis toujours tenté de leur dire :

Mais allez donc vous coucher ! à votre âge !

— Vous me remettez en mémoire, à propos de restaurant de nuit, un mot typique que j'y entendis.

Il est gai ; ça variera.

Je me trouvais dans un de ces cabarets.

A côté de moi soupait avec quelques messieurs une vulgaire cocodette — mais une bien jolie fille, ma foi !

Un de ces messieurs lui demanda :

— Vous êtes Israélite, madame ?

— Non, monsieur, je suis Française, répondit-elle, d'un air courroucé.

— Très-joli !
— N'est-ce pas ?

— Et avec tout ça dire que je suis toujours amoureux...

— Encore !

— Toujours !

—Essayez de mon remède, c'est le meilleur, car c'est le spécifique, je vous le garantis.

XVIII

Georges continua de vivre comme par le passé, un peu à l'aventure.

Un soir il assistait à la représentation d'une opérette quelconque aux Bouffes-Parisiens.

Il aperçut dans une baignoire une femme qui ressemblait beaucoup à son héroïne de la mer, dont il était encore amoureux.

Cette femme pouvait avoir vingt-cinq ans (avec les femmes il est très-difficile de préciser).

En somme, c'était ce qu'on appelle une belle et jolie fille.

Cette ressemblance attira Georges, qui la remarqua plus que de raison; elle s'en aperçut et n'en parut pas contrariée.

Le monsieur qui était avec elle paraissait être ou un banquier ou un gros marchand de draps, plusieurs fois millionnaire.

Elle paraissait s'amuser relativement dans sa compagnie, car elle se préoccupait plus de ce qui se passait sur la scène et surtout dans la salle.

Elle ne pas tarda à remarquer les regards persistants de Georges, ce qui sembla ne pas lui déplaire.

Certainement cette femme s'ennuyait de vivre avec cet homme, cela se voyait. Toute la soirée Georges ne quitta pas des yeux la baignoire, et, à la sortie, en homme avisé, il glissa sa carte dans la main de sa charmante inconnue, qui s'y prêta de bonne grâce.

Comme toujours, en pareil cas, le gros monsieur n'y vit rien du tout.

Georges avait simplement écrit au crayon, au dos de sa carte :

« Vous ressemblez beaucoup à une femme que j'aime à la folie. »

Le lendemain, il reçut une lette exhalant une forte odeur d'opopanax ; au milieu de la page était griffonné en pattes de mouches, ce qui suit:

Pourquoi ne serait-ce pas moi ?

Venez me voir demain, dans l'après-midi. Suivait l'adresse.

Cela lui parut une réponse originale. Elle n'est pas sotte, se dit-il, c'est ce que je redoute le plus chez ces femmes-là. J'irai !

XIX

A trois heures, Georges sonnait au premier étage du numéro 17 de la place de la
Madeleine.

Une soubrette, à la mine chiffonnée et
au nez retroussé traditionnel, lui ouvrit

et lui demanda son nom ! Georges donna sa carte et fut introduit aussitôt.

Jouir, tel était le nom de la femme chez qui était Georges. Ce nom de Jouir qu'elle avait adopté lui avait été donné par les viveurs à la mode, qui disaient qu'elle seule savait vivre à grandes guides, s'amuser comme on ne s'amusait plus guère, et dépenser de l'argent comme jamais on ne saura mieux le faire.

Tous les gandins lui avaient fait une réputation qui n'était pas usurpée, car elle avait ruiné les trois quarts d'entre eux. Avoir pour maîtresse Jouir, un mois, une semaine, un jour, et on pouvait mourir après !

C'était du fanatisme.

L'amant de Jouir était l'homme le plus

heureux de Paris. Il n'y avait pas à sortir de là.

C'était sans conteste.

Au fond, c'était ce que l'on appelle une bonne fille, n'aimant des hommes que leur argent, non pour sa valeur métallique, mais pour le plaisir qu'il procure.

Elle était bonne comme du bon pain avec celui qui consentait à satisfaire tous ses caprices.

Celui qui lui refusait ce qu'elle demandait, elle le mettait carrément à la porte.

— Tu es un pignouff, mon cher, lui disait-elle, et c'était tout.

La vie, disait-elle, doit être joyeuse.

On doit prendre du plaisir le plus qu'on le peut.

Sa devise, c'était son nom : Jouir.

D'une taille au-dessus de la moyenne, jolie fille, faite surtout d'une façon admirable. Tout était fin, délicat et en abondance en elle.

Un corps de vierge et une âme de démon : voilà la femme chez qui était Georges Sioul.

Georges fut introduit dans un délicieux boudoir, tout capitonné de satin bouton d'or, avec bordure de même étoffe, mais noire. Une cheminée Louis XV, surmontée d'une glace de Vénise à biseaux ; deux grands vases de Chine remplis des fleurs les plus odorantes, et de chaque côté de la cheminée deux pouffs délicieux, garnis de satin jaune.

Une charmante petite table-chiffonnière au milieu. Une grande chaise longue dans le fond et de moelleux tapis recouvraient le parquet.

Au plafond étaient quatre petits Amours en argent, chefs-d'œuvre de sculpture, qui soutenaient de leurs petites mains une admirable veilleuse japonaise.

Jouir était étendue sur sa chaise longue, drapée dans une robe de chambre en satin noir, qui faisait ressortir l'incomparable blancheur de sa peau ; garnie de dentelles d'une finesse merveilleuse, sa robe était échancrée sur la poitrine, et, pour arrêter les regards indiscrets, un gros bouquet de violettes.

Les pieds chaussés de mules ravissantes mais tellement petites qu'on eût voulu les baiser pour leur rendre hommage.

Telle était cette belle créature.

10

Quand Georges entra, il ensevelit tout d'un regard, — ceux de Jouir se portè-tèrent sur lui et devinrent mordants, — il fut comme saisi : cette beauté froide, calme et armée de pied en cap, lui fit peur, il eut comme un saisissement ; mais il revint bien vite à lui.

Il n'y a réellement que ces femmes-là pour réunir en elles et autour d'elles autant de charmes et autant d'attraits, se pensa-t-il.

Jouir, comprenant l'embarras et la surprise de Georges, rompit le silence la première :

— Je vous fais une drôle d'impression, n'est-ce pas ?

— Pour être franc, oui ; votre beauté, ce luxe d'appartement, ce calme, j'avoue que j'ai eu peur à la vue de tant de splendeur !

— Ça vous passera. Prenez ce pouff; asseyez-vous à côté de moi et causons; voulez-vous?

— Comment donc! mais je suis trop heureux.......

— Ah! ne me dites pas ça; vous venez de me dire que vous aviez peur; — or, un homme qui a peur n'est pas un homme heureux.

— C'était une peur de joie.

— Je vois que vous n'êtes pas aussi naïf que vous voulez bien le paraître.

Savez-vous, reprit-elle, que ce que vous avez fait avant-hier aux Bouffes est bien hardi et que vous vous exposiez beaucoup; car enfin, si je n'avais pas reçu votre carte, si elle eût glissé par terre, et que la personne qui m'accompagnait l'eût ramassée, cela pouvait vous faire avoir une mauvaise affaire.

— Je le sais !

— Et vous n'avez rien redouté?... Vous n'avez rien craint ?.....

— Non, j'étais fou! vous me plaisiez énormément ! je vous voyais disparaître; il ne me restait qu'une carte à jouer, — et, sans calembourg, je la jouais.

— Et vous avez bien fait !

— Pourquoi?

— Puisque cela vous a conduit ici.

— C'est vrai.

— Cela vous ennuierait-il de vivre ici, dites?

— Oh! certes non, mais ma position de fortune m'interdit.....

— Je vous arrête, ne continuez pas, et, si vous le voulez bien, qu'il ne soit jamais question de cela entre nous, voulez-vous?

— Comme il vous plaîra!

— Oui, c'est même une condition que je mets à la continuation de vos visites, si vous voulez m'en faire, ajouta-t-elle en souriant.

— Vous me demandez si je veux revenir vous voir! Pouvez-vous en douter? Vous êtes si belle!...

— Vous trouvez?

— Comment donc! mais vous êtes admirablement belle!

— Non, je ne suis pas jolie; je suis pire, comme on dit.

10.

A propos, vous ne savez pas mon nom, puisque ma lettre n'était pas signée.

Je me nomme : Jouir.

Georges se mit à sourire et crut à une plaisanterie.

— Cela vous fait rire, continua-t-elle ; mais c'est mon nom, ou du moins je l'ai pris et on ne me connaît que sous ce nom-là.

— Vraiment !

— Certainement.

— C'est bien osé et bien risqué.

— Il vous déplaît, sans doute ?

— Je ne dis pas ça ; mais cela me semble drôle !

— Je vais tout vous dire.

On ne dit pas madame Jouir, on dit : Jouir, tout court ; — le respect s'en va, ajouta-t-elle en riant.

— Enfin, quoi qu'il en soit, c'est original !

: — Eh bien, à présent que vous savez mon nom, mon adresse, et que vous me connaissez, voulez-vous être mon ami ?

— Je serai trop heureux de le devenir ! Mais à quoi dois-je cette amitié, s'il m'est permis de vous le demander ?

— Vous m'allez !... Et puis, en souriant, elle ajouta : une idée folle ! — à vrai dire, mes amis disent que je n'en ai que comme ça.

Donc, c'est entendu, vous devenez mon ami, et pour conclure notre pacte, voulez-vous m'amener dîner demain soir ?

— Mais avec plaisir.

— C'est entendu alors, vous viendrez me chercher à sept heures, je serai prête.

— Et que ferons-nous après ?

— Nous irons dans un bal.

J'adore ça; voir danser, sauter; cela me représente la société.

— Vous êtes méchante.

— On le dit.

— Et notre amitié durera ?

— Tant que vous voudrez !

— C'est trop.

— Ou tant que je voudrai.

— Ce n'est peut-être pas assez.

— Qui peut savoir !

Je ne sais, mais cela promet d'être drôle entre nous, dit-elle en lui lançant un regard qui voulait dire bien des choses.

Quatre heures sonnèrent.

— Je suis désolée, mais il faut que vous

vous retiriez, j'attends mon amant et c'est
à peu près son heure.

— Que fait votre amant, sans indis-
crétion?

— C'est un banquier, et pour de vrai,
car tous ces messieurs disent que mes
amants sont tous des banquiers.

Georges se leva et lui embrassa la
main; elle l'accompagna jusqu'à la porte
et en lui disant au revoir, elle lui fit pro-
mettre de revenir le lendemain pour aller
dîner avec elle.

— J'y compte, tel fut son dernier mot.

Georges se retira et résuma ses impressions ainsi : drôle de fille, pensa-t-il !

XX

Georges fut exact ; à sept heures le lendemain il était chez Jouir.

La jolie fille le reçut avec son meilleur et son plus doux sourire, elle était heureuse de le revoir et le félicita sur son exactitude.

— C'est bien à vous, lui dit-elle, en lui tendant la main, de tenir votre promesse et d'être ponctuel, car rien ne m'ennuie comme de poser, et vous le voyez, je suis prête.

En effet Jouir était habillée entièrement, elle avait son chapeau sur la tête et tenait dans ses mains une paire de gants clairs.

— Si vous m'en croyez nous irons dîner de l'autre côté de l'eau, ça me changera.

— Comme il vous plaira ; je ferai ce que vous voudrez.

— Oui, tous nos restaurants, je les sais par cœur, et leur public m'agace ; et puis voyez-vous, pour moi le quartier de l'Odéon me paraît être la province, et il me semble que je ne suis plus à Paris.

— Ça, c'est vrai.

— N'est-ce pas ? Alors nous partons !

Elle prit un petit trousseau de clefs qui était sur un meuble et le remettant à Georges.

—Prenez-ça, lui dit-elle, mettez-les dans une de vos poches, ainsi que cet éventail. Et, prenant dans une de ses mains un petit flacon de sels anglais : à présent, partons, dit-elle.

En bas Georges avait sa voiture ; ils se firent conduire chez Magny.

Une fois bien installés, Jouir lui demanda : Quelle impression vous ai-je faite ? Soyez franc.

— Mais une très-bonne.

— Oui, mais précisez.

— C'est peut-être difficile.

— Essayez.

— Eh bien, vous m'avez fait l'effet d'être très-originale. Est-ce que je me suis trompé ?

— Il y a du vrai. Et ensuite ?

— C'est tout.

— Alors vous m'avez définie dans un mot.

— Ce n'est pas ma prétention, mais je crois que le mot est fondé.

— Peut-être.

—Mais, dit Georges, à mon tour, si vous

11

le permettez, laissez-moi vous demander pourquoi vous m'avez accueilli si franchement et si amicalement?

— Vous me plaisiez.

— Vous êtes aimable.

— Pour moi.

— Vous devez être sceptique, ça se voit.

— Certainement, mais, à vous dire vrai, j'ai trouvé votre manière d'agir très-hardie, très-crâne, et ça m'a plu, et puis le mot que vous aviez mis sur votre carte m'a intrigué.

A ce sujet, je vous demanderai de me dire quelle est la femme que vous aimez à la folie; c'est vous qui me l'avez dit.

— C'est une jeune fille que j'ai vue à la mer et que j'ai voulu épouser.

— Comment! vous avez voulu vous marier, à votre âge, si jeune!

— Mais oui.

— Enfant !

— Si vous saviez comme elle est jolie ! elle vous ressemble.

— Flatteur !

— Avec cette différence qu'elle est encore une enfant, tandis que vous, vous êtes une femme.

— Voilà déjà que vous me vieillissez.

— Mais non.

— Et pourquoi ne vous êtes-vous pas marié ?

— Les parents n'ont pas voulu.

— Ils ont bien fait.

— Méchante !

— Egoïste, plutôt.

— Je ne comprends pas.

— Puisque je vous aime, moi.

— Vous voulez rire, sans doute.

— C'est la première fois que je dis à un homme que je l'aime, et il ne me croit pas. Je suis bien malheureuse, dit-elle, en s'empaquetant dans le fond de la voiture et en faisant la moue.

Georges lui prit la main, lui releva un peu ses manchettes et lui embrassa le bras.

—. Comment! vous êtes amoureuse! lui dit-il en riant.

— A quoi bon vous le dire, vous ne me croyez pas ; vous êtes un laid, là.

— Vous ne parlez pas sérieusement, j'aime à croire.

Elle s'avança et le regardant bien en face :

— Je vous aime à la folie, lui dit-elle.

— Tant que cela ?

— Vous êtes tous les mêmes ; on vous dit qu'on vous aime et vous ne le croyez pas, et si on ne vous le dit pas, vous le supposez.

— Il n'y a que les fats qui raisonnent ainsi.

— Allons donc ! en amour, il n'y a que des amoureux ou des sots.

— Soit, je suis donc un sot. Mais pourquoi vous amuser de moi comme vous le faites ?

— Je parle très-sérieusement, je suis très-franche avec vous. Et elle répéta en mettant dans son regard autant de franchise qu'elle put en mettre : Je vous aime.

—Franchement ? dit Georges en souriant.

— Assez! dit-elle d'un ton presque sec.

. . . .

Ils étaient arrivés. Ils descendirent de la voiture, entrèrent dans le restaurant et s'installèrent dans la première salle.

Georges fit le menu et demanda d'être servi vivement.

Jouir était réellement éprise de Georges, non pas amoureuse peut-être comme elle voulait bien le lui dire, mais certainement cet homme lui plaisait et lui convenait.

Ce scepticisme qu'il montrait quand elle lui disait qu'elle l'aimait ne faisait que l'exciter.

C'était, comme elle le disait, la première fois qu'elle disait à un homme : Je vous aime, et elle n'était pas crue; ça l'énervait, et comme l'amour ne demande, ne veut et n'est que de l'attraction, plus il paraissait en douter, et plus elle le lui répétait.

Elle n'avait trouvé jusqu'à ce jour que des hommes qui semblaient l'adorer, et Georges était vis-à-vis d'elle d'une certaine réserve, cela la changeait.

Il ne ressemblait pas à tous les autres, c'est ce qui lui plaisait, et comme elle il était original.

De son côté, Georges était flatté — les hommes sont tous les mêmes — d'être en compagnie d'une très-jolie fille.

Quelle impression lui faisait-elle réellement, il serait difficile de le définir. C'était un commencement d'aventure qui ne lui déplaisait pas, cela paraissait être un prologue.

S'il y a un roman je verrai bien, se disait-il.

Et puis, ne devait-il pas oublier?

. . . .

Le dîner fut d'une gaieté très-franche. Jouir ne cessa de l'accabler de questions sur sa vie, sur ce qu'il avait fait, sur ce qu'il faisait, sur sa profession, sur ses idées, etc., etc. et dans toute sa conversation elle ne manqua pas d'un certain jugement que Georges n'avait pas rencontré jusqu'à ce jour chez ses pareilles.

Après ce dîner, il en eut une toute autre idée.

Elle est intelligente, se pensa-t-il, et ce fut un attrait de plus pour se mettre dans ses bonnes grâces.

Au dessert elle était radieuse. Georges

semblait prendre un vif plaisir à l'écouter, cela la flattait ; elle avait deviné en lui un homme peu ordinaire, le commencement de leur aventure lui plaisait, et, pour tout dire, ce [type d'homme lui allait ; et puis la femme est femme, elle avait devant elle un homme amoureux et elle voulait faire cette conquête.

Je veux, se disait-elle, qu'il soit fou de moi avant un mois, et il le sera.

Quand elle reparla à Georges de la continuité de leur amitié et de leurs relations, Georges objecta de nouveau que sa position ne lui permettait pas de la fréquenter, vu qu'il ne pouvait être pour elle d'aucun secours.

— J'ai de l'argent pour m'amuser, lui dit-il, et c'est tout. Mais au delà ....

11.

Elle l'interrompit en lui disant : J'en suis très-heureuse ; au moins je ne serai pas gênée avec vous, et, je vous en prie de nouveau, ne me reparlez jamais de ça.

De vous, je ne demande que de l'amour !... et si vous voulez à toute force me donner quelque chose, eh bien, offrez-moi des fleurs tant qu'il vous plaira.

— Mais ce sera tout à fait un roman, dit Georges.

— Et quand cela serait, croyez-vous que je ne puis pas en être l'héroïne ?

— Si, certes !

— Eh bien ?

— Vous avez toujours raison.

Le dîner fini, à la demande de Jouir, ils allèrent voir le bal Bullier.

— Je ne m'amuse plus guère que dans ces

endroits sans gêne, dit-elle, et, pourvu qu'on n'y ait pas soif, c'est toujours charmant.

Bras dessus bras dessous, ils firent quelques tours dans le bal, admirèrent cette franche et jeune gaieté de la plupart ; car il est bon d'ajouter que l'étudiant de nos jours, n'est plus un charmant bohème, comme autrefois, mais un poseur tant dans la mise que dans les manières comme dans la conversation.

A les entendre on dirait qu'ils sont le gouvernement ou la France, et qu'eux seuls représentent tous les progrès. C'est quelquefois bouffon, mais leur ton déclamatoire les rend souvent agaçants comme il n'est pas possible.

Après s'être promenés une demi-heure,

ils sortirent, et se firent conduire au Glacier napolitain, prirent un chocolat et puis rentrèrent.

Arrivés place de la Madeleine, Georges remercia Jouir de la bonne soirée qu'il avait passée avec elle et lui remettant ses clefs il lui tendit la main.

— Montez donc chez moi, lui dit-elle sans avoir l'air de s'apercevoir de la main qu'il lui tendait. Comment! vous voulez me quitter déjà, mais il n'est pas tard. Et puis, du reste, je n'attends personne.

Georges ne se fit pas prier et rentra. Jouir se débarrassa de son chapeau et en se mettant à son aise elle lui dit: Et dire que si je ne vous en avais pas prié, vous ne seriez pas monté chez moi!

— Je craignais d'être indiscret.

— Dans les termes où nous sommes

vous ne pouvez pas l'être.

— Vous croyez?

— J'en suis sûre.

— Pourtant...

— Je vous défie de l'être.

— C'est bien facile.

— Comment.

— Vous voulez?

— Puisque je vous le demande.

— Eh bien, dit-il, en lui prenant ses deux jolies petites mains et en l'attirant vers lui comme pour l'embrasser, si je vous disais que je ne veux plus m'en aller à présent?

— Oh! ce serait joli! dit-elle en riant.

— Vous voyez bien que je peux être indiscret.

— Et qui vous dit que vous l'êtes?

— Que vous êtes aimable!...

Alors vous consentez à me donner l'hospitalité..

— Je ne demande que ça, lui dit-elle en l'embrassant, mauvais sujet!

— Que je suis donc heureux!

— Bien vrai?

— Pouvez-vous en douter?

— Je le suis autant que vous, lui dit-elle en l'embrassant de nouveau.

Mais comme vous voilà timide à présent, ajouta-t-elle.

— Vous êtes si jolie et si belle que vous me faites peur..

— Comment! une pauvre petite femme comme moi!

Et en lui lançant un regard des plus provoquants : Je vous aime, Georges, dit–elle.

Il l'embrassa, et leur deux bouches pendant près d'une minute n'en firent plus qu'une.

Georges s'assit, et il la pria de se mettre sur ses genoux, ce qu'elle fit de la meilleure grâce du monde.

— Voulez-vous, lui dit-il, que je sois bien à mon aise et que je sois plus hardi?

— Oh! je veux bien, dit-elle en riant, car vous êtes d'une timidité, oh mais, d'un timide! j'en suis honteuse vraiment! Et en baissant ses beaux yeux : C'est moi qui vous attaque, j'en suis révoltée pour vous!

— C'est que, dit Georges, il y a trop de lumières, éteignons-les, ne conservons que la veilleuse, ce sera bien assez, d'autant plus qu'un demi-jour, c'est si agréable...;

se voir sans se voir c'est charmant.

Brusquement elle se leva, souffla toutes les bougies, et venant se blottir à ses pieds elle appuya sa jolie petite tête sur ses **ge**noux. Est-ce bien ainsi? lui dit-elle en minaudant.

— Oui, ma belle maîtresse, oui.

— Es-tu content toi, d'être avec moi, es-tu heureux? dis-le moi, mon chéri, dis-le.

— Si je suis content! si je suis heureux! mais je t'aime, sais-tu, je t'aime!

— Bien vrai! il ne faudrait pas me le dire si ce n'était pas! Oh! si tu mentais, dit-elle en se relevant et en s'asseyant sur ses genoux, ce serait bien mal, vois-tu.

— Puisque je te le dis!

— On nous le dit toujours, à nous, que l'on nous aime et on nous abandonne après sans seulement s'inquiéter de ce que nous devenons.

Ecoute, si tu me mentais, je ne sais pas ce que je te ferais, mais je te préviens, méfie-toi de moi, car je serais capable de te faire du mal.

Vois-tu, mon gros chien chéri, c'est la première fois que j'aime et j'ai peur ! L'amour, à nous, c'est ce qui nous tue, c'est ce qui nous perd.

Tant que nous n'aimons pas, nous ne craignons, nous ne redoutons rien, mais quand nous aimons, nous devenons folles !

Ne l'oublie jamais ce que je vais te dire, car c'est la plus grande vérité que je connaisse, ceux qui la démentiront sont des niais qui ne savent rien de la vie, qui ne connaissent pas les hommes et qui ignorent absolument ce que c'est que la femme.

Nous seules aimons et savons aimer;
tant qu'un homme n'est pas aimé par nous
il ne sait que faiblement ce que c'est que
d'être aimé.

Je te le répète, nous seules aimons,
parce que nous sacrifions tout, entends-tu,
tout à notre amour, jusqu'à nous-mêmes.

Avec nous on a l'amour dans toute sa
quintessence, dans ce qu'il a de plus grand
et de meilleur.

Nous réunissons en nous toutes les
ivresses et toutes les voluptés.

Nous nous donnons entières, sans aucune
réticence ; nous disons à l'homme que nous
aimons : Prends tout !

— Comme tu t'animes !

— Tu trouves ?

— Oui, tu en es toute tremblante. As-tu froid?

— Je ne sais. A présent, vois-tu, je suis moi-même, je suis glacée et je sens que je brûle!

— Tu es charmante ainsi! tu es belle!

— C'est que, vois-tu, je suis énervée. Laisse-moi te dire : L'autre jour j'étais au théâtre et j'entendis à côté de moi une grande dame, — comme on dit dans la Tour de Nesle, — qui disait en parlant de moi: Qu'est-ce que c'est que ça? Ça!... Eh bien, sais-tu ce que j'aurais pu lui répondre?

— Ça, madame, c'est ce qui a pris le meilleur de votre mari, sa jeunesse et son cœur, et s'il vous a donné son cœur, ce dont je doute en vous voyant, il n'a pu

vous donner sa jeunesse qu'il nous avait
toute donnée ; ne faites donc pas tant la
dédaigneuse, car après tout vous n'avez que
nos restes et dont nous ne voulons plus.

— Quelle femme tu fais !

— Je t'ennuie peut-être ! C'est vrai, de
quoi vais-je te parler !

Revenons à nous, veux-tu, ma belle cocotte ?

— Oui, ma chérie.

— Embrasse-moi.

Georges l'embrassa.

— Allons, mieux que cela, lui dit-elle,
ce sont des baisers de jeune fille que tu
me fais !

Voyons, monsieur, embrassez votre femme et comme il faut ; car elle est à vous,
cette femme, vous pouvez en faire tout

ce que vous voudrez, elle vous appartient !

Embrasse-moi bien, ma petite chienne chérie !

N'est-ce pas que tu es à moi, toi aussi ?

— Oui, ma belle !

— Bien sûr ?

— Comme tu es à moi.

— Si j'en étais aussi sûre ! Enfin !...

Tu sais que je suis jalouse ! Je veux que tu me sois fidèle ! je ne veux plus que tu regardes les femmes !

Mon petit homme chéri est tout à moi, comme je suis toute à lui, n'est-ce pas ?

— C'est entendu et c'est promis.

— Dis-moi, pour que ce soit plus agréable, entre nous, nous intervertirons les genres, — je veux dire que quand tu me

parleras ce sera au masculin et moi au féminin.

— Ce sera original !

— Et puis c'est plus amusant. Ainsi
moi je t'appellerai ma cocotte chérie.

— Et moi je te dirai que tu es un petit
polisson !

— Oui, tu es bien mignonne, ma chienne !

— Veux-tu que nous nous couchions ?

— A une condition.

— Laquelle ?

— C'est que tu me déshabilles ! Veux-tu ?

— Comment donc ! mais enchanté !

— Tu ne sauras pas, lui dit-elle en se
levant et en courant dans sa chambre à
coucher, où Georges la poursuivit.

XXI

D'Amont, qui était un viveur consommé,
accabla son ami de questions sur sa maîtresse.

— Un démon, mon cher, lui dit Georges, et un ange tout à la fois.

Quelle nuit j'ai passée ! Si je pouvais vous dire !... C'était délirant !... Je ne puis mieux vous la dépeindre qu'en vous disant que je n'ai pas couché avec une femme, mais avec une panthère doublée d'une couleuvre !

Dieu ! la belle et jolie créature !....

— J'en suis enchanté pour vous, mon cher Georges, car cela vous fera oublier ; mais je vous en préviens, n'allez pas trop au large !

La femme, c'est comme la mer, il y a des courants en dessous que l'on ne voit pas.

Amusez-vous, oui, mais pas de bêtises !

— Soyez sans crainte, j'agirai sagement.

— Et quand devez-vous la revoir, votre belle ? car j'aime à croire que ça durera quelque temps.

— Un de ces jours ; elle m'a promis de m'écrire.

— Alors vous en êtes réellement enthou-siasmé.

— J'en suis fou ! Si vous saviez comme elle gentille au lit... Quand j'y pense !... C'est inouï, inénarrable, mon cher !.. . .

. . . .

Trois jours après, Georges reçut à son bureau le billet suivant, et le commission-naire attendait, disait-il, une réponse.

« Ma belle cocotte,

« J'ai une soirée..... prolongée ; la veux-tu ?

« Mille baisers sur ta belle gueule chérie.

« A toi tout.

« JOUIR. »

12

Georges écrivit la réponse suivante et la remit au porteur.

« Mon cher cœur,

« Si je la veux ! Tu me le demandes !...

« Ce soir chez toi à dix heures, et, en attendant l'heure bénie, les minutes vont me sembler des années.

« A ce soir !

« Je te couvre partout de baisers.

« GEORGES. »

En se rendant à son rendez-vous, Georges ne se doutait pas de ce qu'il allait voir ; aussi, en entrant, quelle ne fut pas sa surprise de voir sa maîtresse habillée en homme ; elle se présenta à lui avec une désinvolture qui lui montrait que ce n'était pas la première fois qu'elle se déguisait ainsi.

Ce travestissement lui seyait à ravir; faite comme elle l'était, elle ne faisait qu'y gagner.

Elle était en habit, gilet en cœur, cravate blanche, camélia à la boutonnière, gants blancs et un gibus sous le bras.

— Mais que comptez-vous faire costumée ainsi? lui demanda Georges.

— Il y a bal à l'Opéra ce soir, nous irons. Ça vous va-t-il?

— Puisque vous le désirez.

Mais pourquoi diable vous être transformée de la sorte?

— Ça me va-t-il mal?

— Je ne dis pas ça.

— Alors?

— Décidément vous avez toujours raison !

— Écoute, ma chérie, je me suis promise ce soir de faire enrager..... comment dirai-je?.... mes adorateurs : ils vont être furieux de me voir avec toi, qu'ils ne connaissent pas et seront à se demander si tu n'est pas quelque nabab qui a traversé les mers pour venir m'apporter des millions à croquer.

— Cela vous amuse donc bien de faire enrager, comme vous dites, vos adorateurs ?

— J'adore ça !

Et puis je serai doublement heureuse, d'abord de faire jaser, et surtout d'être avec toi que j'aime, car, tu ne l'as pas oublié, je t'adore.

— Vraiment ?

— Tu le sais bien, vilaine laide !

Georges en la regardant :

— C'est vrai tout de même que tu es gentille en homme.

— Tu trouves ?

— Oui, tu est mignonne, voyons, approche-toi et fais-toi voir un peu.

Elle s'approcha de lui, il la retourna en tous sens et après l'avoir bien examinée :

— Décidément, lui dit-il, tu es très-bien, rien de trop apparent, c'est parfait.

C'est de l'art, sais-tu bien, de savoir s'arranger de la sorte.

— De l'art, tu vas peut-être un peu trop loin ; mais enfin c'est bien et je suis contente d'avoir ton assentiment.

— Tu l'as.

— J'en suis heureuse.

12.

— Alors c'est entendu, nous allons au bal.

— C'est convenu, comme disent les conjurés. Et comme nous n'irons que vers onze heures et demie, tu vas aller passer ton habit et je t'attends ici.

— Pendant ce temps que feras-tu?

— Je lirai et je m'habituerai à mon costume, afin d'avoir l'air tout à fait dégagée.

Ils s'embrassèrent, ils ne se firent que deux baisers, mais d'une longueur!

Le dernier dura bien cinq minutes.

— A propos, dit Georges avant de s'en aller, que lis-tu?

Je serais curieux de le savoir.

— Tu y tiens?

— Oui.

— Eh bien, c'est un petit livre qu'un

étranger m'a donné, qui n'est pas signé et
que l'on.attribue à Alfred de Musset.

Georges, après avoir réfléchi :

— Décidément tu est plus polissonne que
je ne croyais !

Tu jetteras ça au feu, j'aime à croire.

— Oui..... quand je l'aurai lu, répondit-
elle en riant.

XXII

Quand Georges revint, sa maîtresse était en train de se promener.

— Il est plus de onze heures et demie, dit Georges en rentrant, c'est le moment de partir.

— Je suis prête depuis longtemps, lui répondit-elle, partons.

Ils montèrent dans la voiture et arrivèrent à l'Opéra.

Le bal était magnifique, une cohue considérable remplissait la salle, les couloirs et le foyer.

Quand Georges entra au foyer, ayant à son bras ce joli cavalier féminin, tous les regards se tournèrent vers eux. C'était á qui s'extasierait sur la jolie fille : les mots les plus flatteurs s'entre-choquaient sur leur passage.

Jouir, toute à son succès, ne semblait regarder personne et paraissait rayonnante de joie d'être fêtée ainsi devant son amant chéri, comme elle l'appelait.

Comme ils s'approchaient d'un portant où

était appuyé un groupe de Messieurs, Jouir fit tourner brusquement son cavalier et devint pâle.

— Qu'as-tu? lui demanda Georges. Qu'est-ce? Que se passe-t-il?

— Rien! Allons dans la salle, lui dit-elle en l'entraînant, je te dirai ça.

Ils quittèrent le foyer et furent se promener dans le bal.

— As-tu remarqué, dit Jouir, un gros monsieur au milieu du groupe d'hommes qui était dans le foyer, quand je t'ai fait retourner?

— Non! je n'y ai fait aucune attention.

— C'était mon amant.

— Ah!

— Il doit être furieux, d'abord que je ne sois pas avec lui ici, et de plus de me voir dans ce travestissement. Dieu ! qu'il doit rager, dit-elle en riant ; car il m'a supplié de m'y conduire. Et me rencontrer avec un autre !

— C'est peu agréable.

— Et tous ses amis qui vont le blaguer !

— Oui, mais, que va-t-il te dire ?

— Ce qu'il voudra.

— Tu en parles à ton aise, à présent, mais, j'y pense, tu as pâli quand tu l'as aperçu.

— Je n'aurais jamais supposé qu'il fût venu, et j'ai été surprise.

—· S'il te quittait...

— Allons donc !

— Pourtant.

— Comme tu connais peu les hommes ! Ça ne l'excitera que davantage. Et, d'ailleurs, qu'il me laisse, je m'en moque, un de perdu, dix de retrouvés, je ne me le dissimule pas.

Ce serait à qui de ses amis le remplacerait, j'en suis certaine ; ils se proposeraient tous. Pas mal se sont déjà offerts, ajouta-t-elle en souriant.

Et puis, du reste, ce gros-là n'a pas la prétention de croire qu'il me suffise ; il ne se figure pas, j'aime à croire, qu'il **a** mon cœur.

— Et qui l'a, ce petit cœur, dit Georges en la regardant et en la serrant contre lui.

— Tu sais bien que c'est toi, vilain monstre !

— Est-ce bien sûr ?

— Mais oui, ma belle chienne !

13

— Tu es bien mignon, et je t'aime, moi
aussi.

— Vraiment! vous l'aimez bien, votre
petite femme?

— Oui, cent fois, oui.

— Quand je pense à mon amant, qui
m'a vue! Dans quelle colère ne doit-il
pas être! Pauvre gros homme!

Mais aussi c'est sa faute, à ce vieux-
là? Pourquoi est-il assez niais de venir
au bal à son âge?

— Ça, c'est vrai.

— N'est-ce pas? Ne serait-il pas cent
fois mieux dans son lit?

Et, tu sais, ou plutôt tu ne sais pas, il
est marié!

— C'est trop fort! Et sa femme, sait-
elle qu'il a une maîtresse?

— C'est possible, et elle, a peut-être un

amant; c'est toujours comme ça dans le grand monde; aussi vivent-ils en très-bonne intelligence; ils sont toujours d'accord, me dit-il.

Sa femme fait tout ce qu'il veut et moi je lui fais faire tout ce que je veux; ce n'est pas un homme pour moi, c'est un roquet.

— Et ça t'amuse?

— Pas toujours! mais il faut bien, puisqu'il a le sac. Si tu savais comme il est drôle, parfois... j'ai souvent envie de lui éclater de rire au nez quand il veut m'embrasser, et je te prie de croire qu'il n'en abuse pas! Je ne lui tolère que trois baisers par soirée, et encore pas toujours. Laisse-moi te dire : quand nous jouons aux cartes, naturellement c'est lui qui met au jeu pour nous deux, de sorte que, quand il gagne, il ne perd pas, voilà tout; mais

comme il gagnait trop souvent, j'ai innové
un système, qui est celui-ci : quand c'est
moi qui gagne, je lui permets de m'embrasser, de sorte que, quoi qu'il lui en coûte, il
perd le plus qu'il peut.

— C'est ingénieux.

— Et puis ça rapporte ! J'avoue que c'est
dur d'être embrassée par ce vieux gâteux-
là ; mais, que veux-tu ? il faut bien...

— Malheureusement !...

— Oh ! je t'en prie, pas de notes tristes,
n'est-ce pas ? Ce soir nous ne devons que
rire et nous amuser.

— Mais, dis-moi, si nous partions ? il
est déjà tard.

— Sitôt, dit Jouir en souriant.

— Ça t'ennuie de t'en aller ?

— Que t'es bête!... Tu sais bien que c'est le contraire!...

— Alors nous partons!
Où allons-nous souper?

— Nulle part, nous irons chez moi; j'ai fait préparer un petit ambigu à ma façon, — truffes et champagne.

Boire de ce vin qui rit au fond des verres, comme dit un Espagnol de mes amis, avec toi, tout seul, en tête-à-tête; tu verras, ce sera charmant.

. . . .

Au dessert, nous éteindrons tout; nous serons éclairés seulement par la flamme du punch et nous nous embrasserons...
Tu verras, je serai bien aimable...

— Quel vaurien tu fais!

— Mais non, c'est parce que je suis avec mon petit homme chéri que j'aime bien ! Il n'y a pas de mal, je pense, à te prouver mon amour.

— Non certes !

— Eh bien, parce qu'il y aura une jolie mise en scène, ce n'est pas de trop !

Vois-tu, l'amour dans les greniers, ce n'est vrai que dans les romans.

— Comme tu as raison !

Allons, filons !

Arrivés chez Jouir, ils trouvèrent un délicieux souper qui les attendait.

— Tu vois, lui dit-elle, tout est prévu, nous ne serons importunés par personne. Nous serons bien seuls.

Donne deux tours de clef et à table...

As-tu faim ?

— Oui et non.

— C'est égal, commençons.

— Mais, je préfère t'embrasser.

— Je te vois venir, tu es un gourmand, tu veux commencer par le dessert.

— Oui..., et puis d'ailleurs, quand nous serons au dessert, nous recommencerons...; veux-tu?

— Tu es un bandit !... Mais, j'y pense, tu n'as pas fermé la porte, allons, va !

Après avoir fermé la porte, Georges s'assit, et, prenant son petit homme, comme il disait, sur ses genoux, il le dévora de baisers ardents. .

XXIII

Georges devint, par la suite, l'amant de Jouir ; il ne la quittait plus, tous les moments qu'il avait lui étaient consacrés; il ne sortait jamais sans elle.

Sa vie était la sienne, et il paraissait peu se souvenir de son amour, d'Hélène qu'il avait aimée d'un amour légitime.

Nous sommes ainsi faits, sitôt que nous sommes détournés de la bonne voie, nous nous dévoyons tout à fait, et c'est bien difficile de nous faire revenir dans le droit chemin.

Il aimait sa maîtresse d'un amour sans bornes ; mais l'aimait-il de cœur ? nous ne le croyons pas.

La matière a sur nous une force considérable, et il n'y a que les natures d'élite

13.

qui peuvent la dompter, et souvent même elles succombent.

De son côté, Jouir aimait Georges réellement et sérieusement, pour lui-même. Il ne lui était d'aucun secours, et elle ne voulait rien attendre de lui que son amour.

C'était bien assez, se disait-elle parfois, c'était même tout !

Il est juste de convenir que quand ces femmes-là n'ont pas l'intérêt pour mobile, elles aiment d'une manière peu commune, je dirai même exceptionnelle.

Donc nos deux amants s'aimaient et s'aimèrent...

. . . .

. . . .

Revenons à Hélène, l'héroïne de Georges, la jeune fille qu'il sauva, on se le rappelle.

On se souvient du brusque départ de Georges Sioul.

Chacun le commenta à sa façon; seule Hélène ne connut pas bien la vérité.

Un jour, pourtant, elle surprit quelques bribes de conversation échappées à sa mère ; elle sut alors à peu près la vérité.

Elle conçut pour Georges un amour sans bornes.

Ce commencement d'amourette devint réellement un amour profond.

Cette jeune fille que nous avons présentée comme une nature d'élite était réellement une femme comme il s'en rencontre peu. Georges l'avait aimée en dehors des habitudes, des coutumes ordinaires ; il lui avait prouvé son amour par une action méritoire à plus d'un titre ; il lui avait déclaré son amour d'une manière qu'elle qualifiait de charmante. Tout cela avait rempli son pauvre cœur, et sa petite tête était décidée à tout faire plutôt que de ne pas lui appartenir.

Quatre années se passèrent ; Hélène gardait toujours au fond du cœur le souvenir adoré de Georges.

Tous les partis qui lui avaient été présentés jusqu'à ce jour avait été impitoyablement refusés.

— Je ne serai que la femme de Georges, se disait-elle souvent, et j'attendrai..... Quoi? Elle n'en savait rien, mais du moins se pensait-elle, je n'appartiendrai pas à un autre.

Un riche banquier se présenta ; comme les autres, elle le refusa.

A ce nouveau refus, sa famille commençant par se lasser, lui demanda l'explication de ces fins de non-recevoir.

— Je ne veux pas me marier, telle était toujours sa réponse.

— Mais ma fille, lui disait sa mère, tu ne peux pourtant pas coiffer sainte Catherine. Il est préférable de te marier à présent que tu es jeune, car au moins tu peux choisir ; ainsi voilà un très-riche parti qui se présente, nous serions heureux, ton père et moi, de te voir marier avec ce monsieur. Pourquoi refuses-tu toujours impitoyablement sans même regarder les jeunes gens que nous te présentons ?

Réfléchis, ma fille ! Tu es en âge de te marier, décide-toi.

— Je ne veux pas me marier, répondait toujours Hélène.

— Mais enfin, ma fille chérie, lui dit un

jour sa mère, quelle raison as-tu pour ne pas te marier?

Dis-le moi, je suis ta mère, je t'écouterai, tu le sais ; as-tu une amourette que tu nous caches? sois franche, dis-moi tout, et tu n'auras pas à le regretter, je te le promets.

— Vous me le promettez, ma mère? Si je vous avoue pourquoi je refuse tous les partis que vous m'offrez, vous ne me reprocherez pas ma franchise?

— Tu peux en être certaine, ma fille chérie, lui dit sa mère en l'embrassant. Sois franche.

— J'aime! répondit timidement Hélène.

— Vraiment! lui dit sa mère en riant. Quel est ce beau monsieur qui vous a tourné la tête? voyons, dites, mademoiselle, dites?

— Voilà déjà que vous vous moquez de moi.

— Non, je m'amuse, car je devine quelque amourette, le frère sans doute de quelqu'une de tes amies de pension?

— Vous vous trompez, ma mère, reprit sérieusement Hélène, j'aime le jeune homme qui m'a sauvé la vie à la mer.

— Comment! ce jeune homme, encore! Oh! Dieu! vous avez la mémoire longue!

— Ce n'est pas de la mémoire, ni du souvenir, ni de la reconnaissance, c'est de l'amour! Je l'aime! ma mère; ayez pitié de moi, dit-elle en pleurant et en se penchant sur l'épaule de sa mère.

— Relève-toi, lui dit sa mère, et ne pleure plus, tu me fais réellement de la peine de pleurer ainsi, et tu as vraiment

tort de penser encore à un jeune homme
qui t'a certainement oubliée.

— Qu'en savez-vous, ma mère?

— Tu ne sais pas ça encore; mais, vois-tu,
chère petite, les hommes oublient toujours
ces petites histoires-là, et tu as bien tort
de penser encore à lui.

— Pourquoi ne pas me marier avec lui?

— Parce que ce n'est pas possible : d'a-
bord parce que nous ne le connaissons pas;
puis, nous ne savons pas ce qu'il est devenu, et qui sait, d'ailleurs, s'il voudrait encore de toi. Quand il te fit demander en mariage, — car il faut te dire
qu'il a demandé ta main, — il était tout
jeune; nous ne le connaissions pas, nous
savions qu'il était architecte à Paris ;
mais, somme toute, c'était un jeune homme

qui avait sa position encore à faire. — Ce n'était donc pas ce qu'il te fallait.

— Et vous voulez me faire épouser M*** qui est très-riche, c'est vrai, mais qui est vieux.

— Vieux ! Si on peut dire ! un homme de trente-neuf ans et qui a une si belle position !

— A son âge, si sa position n'était pas faite, ce serait malheureux.

— Tu railles, ma fille, et tu as tort, car c'est un homme charmant à tous égards.

— Il a vingt ans de plus que moi.

— Il ne t'en aimera que davantage et plus sérieusement.

Allons, ma fille, réfléchis et tu verras que ce que je te dis est pour ton bonheur.

— Mais je ne l'aime pas.

— Tu l'aimeras. Nous disons toutes ça,

et ensuite nous sommes très-heureuses d'avoir le mari que nos parents nous ont choisi et nous nous en rejouissons tous les jours.

Regarde, moi ; est-ce que j'aimais ton père quand il m'a épousée?

Je t'assure bien que non; je pleurais à chaudes larmes et je ne le voulais à aucun prix; et tu vois cependant si je ne bénis pas tous les jours le ciel de m'avoir donné un mari comme ton bon père, qui fait notre bonheur à tous.

Va, ma fille, fais comme moi, et tu me remercieras plus tard de t'avoir donné le mari que je te présente aujourd'hui.

. . . .

L'exhortation paternelle vint à la res-cousse; les parents, les amis, les connais-sances, tout le monde s'en mêla ; on fit tant et si bien que, comme toujours, la pauvre victime se résigna.

Hélène se laissa vaincre, mais elle gardait au fond du cœur l'amour de Georges et une profonde aversion pour son futur époux.

Je suis vaincue, se dit-elle, mais je ne serai pas sa femme.

Ce sera mon ami et il doit s'estimer bien heureux encore que j'y consente, mais mon mari, jamais !

Je suis à Georges, je lui appartiens de cœur, je ne serai jamais qu'à lui.

. . . .

Comme on le voit, c'était une femme que cette jeune fille, et ce qu'elle se promettait, elle était disposée à se le tenir.

Le mariage fut décidé, conclu et paraphé. Je vous laisse à penser la gaieté qui y présida.

Le mari, comme toujours, prit la froideur de la jeune fille pour de la réserve et de la timidité et n'augura que du bonheur de son union.

La nuit de noce fut des plus tristes pour le nouvel époux.

La jeune mariée fut revêche, et loin d'accorder quoi que ce soit, exigea qu'on ne demanderait rien et qu'on se tiendrait pour satisfait.

Il fut donc obligé de se retirer dans sa chambre.

Le mari trouva cela original, peut-être même voluptueux d'attendre, et consentit à ce qu'on exigeait. . . . .

. . . .

Les jours succèdèrent aux jours, les nuits succèdèrent aux nuits et la quarantaine durait toujours.

Notre mari en prit quelque crainte ; aussi posa-t-il un ultimatum qui fut reçu comme bien vous pensez.

— Coucher avec moi, jamais ! lui dit carrément Hélène.

Me toucher ! vous sentir à mes côtés ! Vous montrer ce que personne n'a jamais vu !

Me livrer à vous !...

Jamais, vous dis-je, jamais !

Après une pareille sortie, le pauvre mari tout déconfit parla de porter le débat plus haut et de parler à qui de droit.

Il en avisa la famille.

Tout bas on en rit bien un peu, mais on laissa le côté comique de la situation, pour ne penser qu'au côté critique du pauvre mari.

La mère dit à sa fille d'être moins tyran-
nique.

Le père dit d'être plus raisonnable. —
Rien n'y fit.

— Je préfèrerais fuir, répondit Hélène,
que de consentir à ce que l'on exige de
moi ; j'ai accordé plus que je ne devais,
c'est déjà bien assez, c'est même trop.

Ce pauvre mari continua à se lamenter.
Si cela devait continuer, disait-il, il était
décidé à parler de la loi.

On lui conseilla d'attendre, de patienter,
de ne rien brusquer, qu'avec des dou-
ceurs, des ménagements, on arriverait bien
mieux et plus sûrement que par des moyens
tragiques.

Notre homme attendit et espéra !.....

. . . .

A son âge, il aurait pourtant dû savoir
que l'espérance est la monnaie des sots.

XXIV

Tout le monde sait que les affaires de banque sont sujettes à bien des fluctuations ; car, si habile que l'on soit, on est exposé bien souvent à des pertes qu'on ne peut prévoir. — C'est ce qui arriva à notre banquier.

C'était bien le banquier le mieux assis et le plus solide, pour employer une expression commerciale de la ville, mais des pertes considérables survenues à plusieurs de ses correspondants, l'obligèrent à cesser ses payements et à fermer ses caisses.

La déroute survint, le retrait de fonds laissés chez lui par de gros capitalistes le forcèrent à une faillite malheureusement inévitable.

La liquidation se fit et le passif dévora de beaucoup l'actif.

En présence d'un malheur semblable, notre homme perdit la tête et ne voulut pas survivre à son désastre, il se fit sauter la cervelle. — Ce fut l'acte le plus héroïque de sa carrière. — Paix à ses cendres!

. . . .

Hélène était mariée sous le régime dotal. Elle abandonna sa dot aux créanciers — ce qui fut taxé de folie — alléguant fort justement que, puisqu'elle participait aux bénéfices que faisait ou qu'aurait pu faire son mari, il était juste qu'elle fût de moitié dans ses pertes.

Qu'on nous permette un mot à propos de ce régime dotal, — malheureusement encore trop en vigueur en province.

A mon avis, c'est fantastique ! car un père qui marie sa fille sous ce régime, c'est tout comme s'il tenait le discours suivant à son gendre :

— Peu m'importe que vous soyez digne ou non de coucher avec ma fille, que vous la rendiez heureuse ou malheureuse ! cela m'est parfaitement indifférent ; mais ce

14

que je ne veux pas, c'est que vous gériez sa fortune, car de ça, je vous en sais parfaitement incapable.

Et dire qu'on trouve des hommes assez sots, assez niais et assez nuls pour consentir à signer de semblables contrats.

Réellement, c'est par trop bête.

Le mariage étant une association de corps comme d'intérêt, les joies, les peines, les plaisirs, les malheurs, les succès et les désastres doivent être partagés et réciproques.

Donc Hélène fit en cette circonstance ce que toute honnête femme doit faire.

XXV

Veuve, Hélène rentra dans sa famille et, ne l'oublions pas, étant encore jeune fille, — au moins de fait.

Les trois mois qu'elle avait été mariée, l'avaient rendue plus femme encore qu'elle ne l'était, — au moral bien entendu.

Son mari, comme tous les maris, aussi bêtes et aussi sots les uns que les autres, n'avait cru faire rien de mieux que de dévoiler à sa jeune femme tous les dessous de la vie et de la société.

Il lui avait apprit ce que c'était qu'une cocotte ! lui avait raconté toutes ses prouesses de jeune homme, lui avait donné à lire les livres les plus infects et les plus immoraux.

Franchement, faut-il que les hommes soient bêtes !

Ils ont une fleur, qu'ils n'ont qu'à ar-
roser pour la conserver dans toute sa
fraîcheur ; au lieu de ça, ils la détachent
de sa tige le plus tôt qu'ils le peuvent et la
jettent dans le ruisseau.

Quelle transition pour une jeune fille !
Hier lire la *Vie de sainte Geneviève* et aujourd'hui *Mademoiselle Giraud ma femme!*

Eh bien, non, messieurs les maris, vous,
serez toujours des imbéciles ; d'abord il y a
des livres, qu'une honnête femme ne doit
jamais lire ; et quant à ceux qu'elle peut
lire, que ce soit le plus tard possible.

Votre femme ne doit lire Balzac qu'après
quarante ans ou vous êtes un imbécile !

. . . .

Une année s'écoula.

Hélène, femme au moral tout autant
qu'une femme mariée depuis dix ans,

— car les maris ont vite appris à leurs femmes tout ce qu'ils savent, — se résolut à un coup hardi.

Elle s'enquit de ce qu'était devenu Georges, où il était, ce qu'il faisait, et s'il était marié surtout.

Tous ces renseignements lui furent vite fournis ; elle n'hésita pas et lui écrivit la lettre suivante.

« Mon sauveur,

« Vous souvient-il de la jeune fille à qui vous avez sauvé la vie?

« Vous l'aimiez, lui disiez-vous, et vous lui promites de l'aimer toujours.

« Elle vous aime toujours et n'a cessé de vous aimer !

« Et vous?

« Je vous offre ma main ; la voulez-vous?

14.

« J'ai été mariée trois mois ; je suis veuve aujourd'hui. J'ai tout fait pour ne pas être mariée à un autre qu'à vous. — Impossible.

« Mon amour n'a pas été altéré, ni moi-même. — Je m'explique.

« Aussi extraordinaire que cela puisse vous paraitre, je suis toujours jeune fille... vierge si vous aimez mieux.

« Vous riez, vous avez tort ; ce que je vous dis est très-sérieux.

« J'ai vécu avec mon mari comme une sœur avec son frère, rien de plus, je vous le jure.

« A la suite de spéculations malheureuses mon mari s'est suicidé.

« Sa mort me laisse doublement libre, car mes parents ne s'opposeront plus à notre union, si vous y consentez.

« Ce n'est qu'en tremblant que je vous

écris, car il faut que mon amour pour vous soit bien grand pour vaincre mon amour-propre et pour me donner le courage de vous faire une semblable proposition.

« Vous avez été chevaleresque ! héroï-que pour moi, je vous dois bien ça.

« M'en voudrez-vous ?

« Cette lettre, je vous le jure, est tout mon cœur, toute mon âme.

« Celle qui n'a jamais voulu n'appartenir qu'à vous,

« HÉLÈNE.

« Qu'allez-vous penser de moi ? »

.   .   .   .

Sioul reçut cette lettre précisément comme il revenait de chez sa maîtresse. Quels ne furent pas sa surprise et son éton-nement après l'avoir lue !

Tout le passé lui apparut et raviva dans

son cœur l'amour légitime qu'il avait conçu pour la charmante et belle jeune fille qu'il avait sauvée.

Le présent lui parut odieux, la réalité se montra aussi indigne qu'elle était. Quelle vie menait-il ?

Il ne se l'était jamais demandé comme en cette circonstance ; aussi fut-il le premier à se désapprouver.

Ces premières impressions passées, il lut et relut cette lettre qui lui rappelait de si doux instants.

La main qui avait tracé ces lignes lui avait été chère et il s'en voulait de l'avoir oubliée.

Ce ne fut que quelques heures après la réception de cette lettre qu'il en comprit toute la portée et en apprécia parfaitement le sens.

Comment! se dit-il, elle a été mariée Elle est veuve ! Et elle est encore vierge ! Je lis bien, c'est écrit par elle.

Elle n'a pas cessé de m'aimer !

C'est elle qui me le dit ! Il se rappela cette belle et jolie créature pour laquelle son cœur avait battu pour la première fois.

Mais pourquoi s'est-elle mariée?

Et comment admettre que son mari l'ait respectée! C'est pourtant vrai, puisqu'elle me l'écrit, car je l'ai connue assez pour savoir qu'elle est incapable de me tromper sur une chose aussi sérieuse et à laquelle nous attachons tant de prix.

Voyons que je me la rappelle.....

Oui, elle était jolie, belle, adorable, et je l'aimais.

Que je suis coupable de l'avoir oubliée,

de ne pas avoir fait tout ce que j'aurais
pu pour la revoir!

Qui sait si je n'aurais pas pu vaincre
toutes les difficultés qu'il y avait à surmonter pour l'épouser !

J'aurais évité bien des ennuis et la lutte
qui se livre en moi en ce moment.

Ce mari ! comment admettre qu'il ait con-
senti à jouer un rôle aussi ridicule et qu'il
n'ait pas pris son rôle de mari plus sérieusement?

Et cette liaison que j'ai contractée, cette
maîtresse que j'aime et que j'ai aimée sans
savoir pourquoi ni comment. Oh! puissance de la femme! ou plutôt faiblesse
de l'homme, de nos sens! Car en regardant bien au fond de mon cœur, est-ce
que je l'aime, cette sirène qui me cap-

tive par ses regards voluptueux ! est-ce
bien de l'amour ?

Oh ! quand je pense à ces caresses, à
ces baisers de feu, à ces plaisirs qu'elle
raffine pour m'en donner toute la quintessence, à ces câlineries, à ces chatteries !....

Oh ! ces nuits d'ivresse, ces plaisirs voluptueux ! ces baisers sans fin !

. . . .

Quand je me rappelle la vie que j'ai menée
avec Jouir, quand tout ce que nous avons
fait me revient à la mémoire, c'est à douter
de tout, à ne croire à rien !

A qui obéissons-nous donc ?

Qui préside à nos destinées, à nos
actions ?

Qui nous fait naître avec de tels ap-
pétits à satisfaire ?.....

Le mal à une telle puissance sur notre faible nature qu'il nous est bien difficile de le surmonter.

Qui peut nier la puissance des instincts brutaux?

Pauvre humanité! Qu'est-ce donc que ton Créateur, pour t'avoir faite si lâche et si vile?

. D'Amont aurait-il raison, quand il dit de toi : « Pauvre créature humaine! — Mâle et femelle, tu n'es rien autre chose. »

. . . .

Mais aussi, que fait Dieu quand il nous voit tomber si bas, et qu'il ne fait rien pour nous secourir?

. . . .

Ah! comme il est doux parfois de se re-tremper dans la famille, dans ces joies pures du foyer! Penser à sa mère, à sa sœur! Sainte chose alors que la société!

Aimer une jeune femme avec son cœur, dignement, noblement!

Vivre à deux, de cette vie douce et bonne que nous aimons tant à nous rappeler!

Oh! société, si tu ne veux pas être un vain mot, prends pour devise : Mariage!

Avec ça tu donneras le bonheur, la paix, les plaisirs et les joies honnêtes.

Autrement, tu n'es que débauche, haine, corruption, et tu te suicides toi-même.

XXVI

L'amour honnête triompha ; Georges se
fit violence, et déclara à sa maîtresse que
cet amour devait avoir un terme et qu'il
était bien décidé à se marier ; — donc qu'il
fallait se séparer.

A une rupture aussi inattendue, Jouir poussa des cris de tigresse, eut des élans d'amour sincère qui eussent mérité d'être au service d'une meilleure cause.

Son amour brisé aussi brusquement ne devint que plus grand en présence du prochain mariage de son amant. Le doute où elle était de savoir si réellement Georges allait se marier, ou s'il ne la quittait pas pour prendre une nouvelle maîtresse la martyrisait.

— Je te préviens, lui dit-elle ; si je te vois avec une autre femme, je vous tuerai tous deux.

Georges fut inébranlable.

Il était décidé à en finir, et il termina le plus vite possible le dernier entretien qu'il eut avec sa maîtresse.

Le lendemain, il lui envoya un coupon de rente, qu'elle refusa impitoyablement.

. . . .

Sioul partit sur-le-champ pour ***.

Il se présenta chez Hélène.

Il la trouva plus belle, — si c'est possible, — qu'autrefois.

Il devint l'hôte assidu de la maison. Hélène lui raconta tout ce qui s'était passé depuis son brusque départ de ***.

Dans les longs entretiens qu'il eut avec Hélène, Georges acquit la certitude de la véracité des faits qu'elle lui avait énoncés dans sa lettre.

Il approuva la conduite de la jeune femme au sujet de l'abandon de sa dot aux créanciers de son mari.

Hélène fut très-touchée d'avoir l'assenliment de Georges, pour une affaire aussi délicate, et s'en réjouit, car elle voyait en lui le galant homme dans toute la bonne acception du mot.

Le mariage fut décidé, et, en attendant le jour béni de leur union, Georges et Hélène formèrent les plus beaux projets d'avenir qu'on puisse imaginer.

Hélène aimait Georges d'un amour sincère ; elle n'avait jamais donné place dans son cœur à un autre qu'à lui ; aussi était-elle prête à l'aimer d'un amour sans bornes.

De son côté, Georges aimait réellement Hélène ;— son amour avec Jouir lui apparaissait comme un songe, comme une nuit d'ivresse follement passée.

La vie qu'il avait menée avec sa maîtresse l'avait fatigué au morale et au physique, et il était très-heureux de pouvoir se retremper dans la vie saine et douce de la famille, surtout en prenant une compagne comme Hélène, qui réunissait en elle tous les charmes de l'esprit et du corps.

Ce jour tant désiré arriva enfin ; les deux époux étaient au comble de la joie.

Sitôt après le banquet nuptial, comme ils en avaient formé le projet, — ils partirent pour un long voyage, à travers la Suisse et l'Italie.

XXVII

Jouir prit des émissaires pour se faire raconter la conduite de son amant après leur rupture.

Quand le mariage lui fut officiellement annoncé, il lui prit des envies folles d'y

15.

assister et de faire quelque algarade de mauvais goût; mais elle abandonna bientôt ce projet, le qualifiant, avec juste raison, de mesquin : elle en conçut un plus grand auquel elle se consacra.

Ayant appris le départ des deux jeunes époux, elle s'engagea dans une troupe de théâtre qui partait pour trois ans, et qui allait explorer les capitales des deux Amériques.

Elle se fit actrice, voulant devenir réellement artiste et se faire un nom.

Elle déploya toute son intelligence à acquérir les connaissances qui lui manquaient pour avoir vraiment du talent.

Elle possédait déjà le fonds essentiel de son art :

N'être point pudique et ne rien crain-

dre, — avec cela jolie fille au possible,
c'était plus qu'il n'en fallait pour arriver,
surtout quand elle aurait l'habitude des
planches.

Les trois années qu'elle passa en Amérique lui permirent d'acquérir le talent
qu'elle souhaitait.

Elle debuta par des bouts de rôle dont
elle s'acquitta parfaitement (il ne faut que
de l'audace et de l'aplomb), on lui en confia
de plus importants, et ainsi de suite.....

Le régisseur de la troupe, vieux comé-
dien, lui donna des leçons de diction et
de déclamation, aussi en peu de temps
put-elle jouer un des principaux rôles.

Elle travailla tellement, elle mit une telle
persistance et un tel amour à vouloir arriver, qu'elle acquit réellement du talent.

Depuis qu'elle jouait un rôle sérieux, elle prit un tel attrait pour son art, qu'elle fut bientôt l'étoile de la troupe.

Dans la dernière année qu'elle passa en Amérique, elle eut les honneurs de la *vedette*, ce qui ne fit que l'encourager davantage. Elle travailla sans relâche, multiplia ses leçons, et, lorsqu'elle rentra en France, après un séjour en Amérique de trois ans, c'était réellement une actrice consommée.

A son arrivée, elle put contracter un engagement avec un de nos premiers théâtres de genre.

Comme elle était jolie femme, elle eut vite sa cour et d'adorateurs et d'admirateurs ; c'était à qui lui ferait fête, à qui, parmi les journalistes, lui décernerait le plus d'éloges.

En moins de six mois, on ne jurait plus que par sa bouche, de Bignon à Tortoni. Les Parisiens en étaient fous!

C'était à qui la comblerait.

Nos plus grands auteurs dramatiques lui proposaient le principal rôle dans leurs pièces en vogue. Dans un de ces derniers rôles (créé exprès pour elle) elle obtint un succès fou ; elle fit courir tout Paris.

XXVIII

Jouir en était là de ses succès de théâtre, sans avoir encore rencontré Georges.

La dernière création que Jouir venait de
faire attira tout Paris à son théâtre.

Un jour, Georges et sa femme y allèrent comme tout le monde.

Jouir avait pris un nom de guerre, ce qui fit que Georges fut très-étonné et à la fois très-contrarié quand il vit que c'était son ancienne maîtresse qu'il avait devant lui.

Georges occupait avec sa femme la première baignoire de droite du rez-de-chaussée.

Quand Jouir entra en scène, elle reconnut aussitôt son ancien amant.

Quelle ne fut pas sa joie, je vous le laisse à penser, de pouvoir jouir de son triomphe devant lui et sa femme!

Son apparition fut saluée par d'unanimes bravos.

Elle jeta un regard triomphateur à Georges qui eût bien voulu ne pas être si bien
placé.

A sa sortie du premier acte, elle eut
rappels sur rappels et des applaudissements
frénétiques lui firent cortége.

Georges parla à sa femme d'une affreuse
migraine qui venait de le prendre et proposa de s'en aller.

Hélène lui témoigna l'ennui qu'elle
aurait s'il fallait laisser le spectacle, et cela
en termes si touchants que Georges, bien
contre son gré, consentit à rester.

— C'est bien pour te faire plaisir, dit-il
à sa femme, car j'éprouve des douleurs
atroces.

Georges disait vrai ; seulement ses douleurs étaient toutes morales.

La pièce continua.

Au troisième acte, Jouir avait dans son rôle un passage bien de circonstance; aussi en tira-t-elle le meilleur parti possible ; la fin surtout semblait écrite tout exprès.

Jouir la dit avec un feu et une action auxquels elle n'avait pas habitué ses spectateurs ordinaires.

Elle se tourna en face de Georges et lui lança la péroraison de sa tirade :

Cet homme, je l'aimais plus que moi-même; il m'a abandonnée et s'est marié. Eh bien, quoi qu'il en soit, je l'aime toujours, oui, je l'aime toujours.

La salle retentit de bruyants applaudissements. — Georges était fort pâle. — Sa jeune femme s'en aperçut :

— Tu souffres donc bien, lui dit-elle.

— Oui, si nous nous en allions, répondit-il.

Malgré tout le plaisir qu'elle aurait eu à entendre la fin de cette comédie, Hélène ne crut pas devoir insister et se rendit aux instances de son mari.

Ils se retirèrent.

Georges était tout bouleversé. Dans la voiture il embrassa tendrement sa femme comme pour atténuer le mal qu'il éprouvait.

Le démon de la jalousie se mêle toujours de ces sortes d'histoires, et Hélène ne tarit pas d'éloges sur la grande actrice qui l'avait captivée une partie de la soirée.

— Nous irons l'entendre de nouveau, dit-elle à son mari, car je tiens, non-seulement à voir la fin de cette pièce, mais à revoir cette femme qui joue si supérieurement.

Il est impossible, ajouta-t-elle, d'être plus réellement dans son rôle qu'elle l'a été ce soir; c'est prodigieux de vérité.

Georges ne dit mot, il était rêveur et ne comprenait pas bien lui-même ce qui se passait en lui.

Le lendemain, il se rappela cette soirée qui l'avait tant ému! il se souvint aussi de cette femme qu'il avait eu si longtemps pour maîtresse et qu'il avait, quoi qu'il en soit, tant aimée.

Toutes ces folles soirées, ces nuits d'amour et de volupté lui revinrent à la mémoire, et en les comparant aux plaisirs purs qu'il prenait avec sa femme, il trouva ces derniers bien candides et bien anodins.

La *bête* que nous avons en nous livrait aux choses du cœur le combat qu'elle gagne presque toujours, et faisait revivre dans les sens de Georges ces plaisirs sensuels que nos maîtresses seules savent nous donner, plaisirs dont nos épouses ignorent même l'existence !

Sommes-nous assez niais !

Nous respectons nos femmes légitimes dans leurs formes, et comme nous sommes avides de ces plaisirs qu'elles ne doivent pas nous donner, nous avons des maîtresses qui nous les donnent à profusion et que par conséquent nous leur préférons.

MORALITÉ. — Ne corrompez pas vos femmes ; mais comme nous sommes tous, plus ou moins corrompus, nous délaissons nos femmes, qui prennent un amant pendant que nous avons une maîtresse.

J'ai bien peur que si cela continue le

mot de moraliste ne devienne synonyme de farceur, comme celui d'homme politique est devenu synonyme de faiseur.

XXIX

Georges se fit les meilleurs raisonnements qui auraient pu lui être faits; il lutta
autant que cette pauvre carcasse humaine
est capable de soutenir une pareille résistance, et comme toujours, à moins d'avoir

de l'eau de vaisselle dans les veines, il succomba.

On a dit : Ce qu'il y a de meilleur dans l'homme c'est le chien et j'ajoute : ce qu'il y a de plus vrai, c'est la *bête*.

Qu'arriva-t-il ? Ne le devine-t-on pas ?

Georges retourna seul au théâtre, il revit sa maîtresse, lui parla, et redevint son amant.

N'aima-t-il plus sa femme ? Si.

Aima-t-il sa maîtresse ? Non.

Seulement il aimait l'une et jouissait de l'autre.

.   .   .   .

Les absences de Georges purent se motiver pendant quelques temps, mais à la fin Hélène ne trouvant plus les raisons qui lui étaient données bien plausibles en conçut quelques méfiances.

Sitôt que le doute est entré dans le cœur d'une femme qui aime, elle n'a de repos que lorsqu'elle est convaincue qu'elle se trompe.

Hélène tendit des piéges à son mari, dans lesquels il ne tomba pas ; mais ses doutes continuaient toujours.

— Si tu me trompais, lui disait-elle un jour, je ne sais pas de quoi je serais capable!... Je t'aime tellement que j'en mourrais! N'est-ce pas, Georges, que tu ne me tromperas jamais? dis-le moi.

— Tu sais bien que non.

— Vous le dites toujours, vous autres hommes, que vous ne nous tromperez jamais, et puis, lorsqu'on vous prend sur le fait, vous dites : Ça ne tire pas à conséquence.

Moi, je ne te le cacherai pas, je n'entends pas de cette oreille-là.

16

Je ne veux pas que mon mari me trompe ;
je suis fidèle, je veux qu'il le soit.

Un mari qui délaisse sa femme et quand
bien même il ne la délaisserait pas, mais
qui a une maîtresse, est par ce fait indigne
de la fidélité de sa femme.

Je ne te tromperai jamais !

J'entends que de ton côté, tu ne me trom-
pes pas !

La loi t'autorise de me tuer si je trahis
ma fidélité.

J'ignore quels sont les droits que nous
accorde la loi, à nous autres femmes,
mais ce que je puis t'assurer, c'est que je
me reconnais les mêmes droits, et que je
les prendrais. Devoir pour devoir et droit
pour droit, voilà ma maxime.

— Comme tu y vas !

— Ah! c'est comme ça!

Et si la loi n'est pas pour moi, peu m'importe, car j'aurais pour moi la justice et ma conscience.

Mon pauvre père disait : La loi n'est la loi que quand elle est la justice, et c'est mon avis.

— Permets-moi, ma chère Hélène, de te dire que ton emportement, car tu t'es trop animée, est fort déplacé, et je ne vois pas, non ce qui t'autorise, mais ce qui te permet de me tenir un pareil langage.

— Tu sais très-bien que tu fais des absences que tu ne faisais pas autrefois, et que tu rentres souvent à une heure à laquelle tu ne m'avais pas habituée.

De plus, tu dînes souvent dehors depuis quelque temps et autrefois.....

— Voilà-t-il pas une affaire! — c'est depuis que je vais à mon cercle — où mes affaires m'obligent d'être parfois — et où je mange, quelquefois, ayant laissé passer l'heure de notre dîner.

Voilà toute l'explication que vous sembliez désirer avoir, madame la belle jalouse, ajouta Georges en l'embrassant.

— Je veux bien croire ce que tu me dis, et je te prie de méditer le proverbe: Un homme averti en vaut deux.

— Je n'ai rien à me reprocher.

— Soît, mais *remember*, comme on dit à l'Ambigu.

— Que tu es dramatique!

— C'est possible, mais écoute encore, dit Hélène, en prenant les mains de son mari.

Je t'aime à la folie, Georges, je suis fou de toi, tu sais que je ne suis pas un tempérament ordinaire ; eh bien, je t'en prie en grâce, au nom de notre amour, fais en sorte que mon pauvre cerveau n'éclate pas.

— Et pourquoi, grand Dieu! veux-tu qu'il éclate?

— Si tu me trahissais Georges, dit la jeune femme en regardant son mari dans le blanc des yeux!

— Jamais, ma chérie, dit Georges en embrassant Hélène.

16.

XXX

Malgré les promesses qu'il avait faites, Georges continua d'être très-assidu auprès de sa maîtresse.

Hélène, convaincue que son mari la trompait, le fit suivre et acquit la preuve certaine de son infidélité.

Elle en prit une rage folle !....

Uu jour, vers cinq heures, une personne sonna chez Georges Sioul, et demanda à lui parler.

— Monsieur n'est pas encore rentré, lui fut-il répondu.

— C'est bien regrettable, car j'avais absolument besoin de le voir.

On prévint Hélène de la persistance que mettait cette personne à voir monsieur; elle fit répondre qu'on n'avait qu'à aller au bureau de son mari et qu'on le trouverait.

. — Mais la personne en arrive, madame, et monsieur n'y était pas.

— Dites qu'on repasse ce soir, et, toute à sa jalousie, elle réfléchit.

. . . .

Ainsi donc, se pensa-t-elle, c'est toujours la même chose.

Georges, malgré toutes ses promesses, continue à me tromper, à me trahir !

Je suis certaine qu'il est à cette heure chez cette femme !

Mais quelle puissance a-t-elle donc sur

lui pour l'attirer toujours ainsi, chez elle?
Quelle force invincible emploie-t-elle pour
me prendre, — ne dois-je pas dire plutôt
pour me voler,— mon infortuné mari?

Qui suis-je! Et qu'est-elle donc!

Et lui, le malheureux!

Oh! cette femme! qui pourra jamais dire
toutes les larmes qu'elle m'aura fait verser!
Mon Dieu, ayez pitié de moi, je crois que
je deviens folle...

Oui, je le sens, j'en suis sûre, mon cœur
me le dit : mon mari est chez sa maîtresse!

Quel mot n'ai-je pas prononcé! *sa maîtresse!*... quelle triste ironie du sort! il me
semble plus poétique que celui de *sa
femme!*

Oh! la jalousie me dévore!

Mon cher mari, on me l'a pris!

. . . .

Mais enfin, qu'a-t-elle donc de plus que moi, cette femme....

Est-elle plus jolie? — je ne le crois pas.

Est-elle mieux faite? — Ce n'est pas possible.

A-t-elle des mains, des pieds plus petits que les miens? — Non.

A-t-elle une bouche plus jolie, des dents plus belles? — Encore et toujours, non.

A-t-elle une gorge plus belle et plus ferme? — Je l'en défie !

Mais alors !.....

Oh! Dieu, venez à mon secours, aidez-moi!

Vous le voyez, mon mari me trompe! La femme qu'il me préfère est indigne de

m'être comparée même au physique et
pourtant il l'aime mieux que moi !

Oh! je vous en supplie, c'est la dernière
prière que je vous adresse, secourez-moi,
ne m'abandonnez pas !

Que je suis malheureuse! ajouta-t-elle
en fondant en larmes.

. . . .

Elle resta quelques minutes à pleurer,
mais la triste réalité reprit bientôt ses
droits. . . . .

Combien je suis à plaindre! se dit-elle;
j'ai aimé mon mari comme il n'est pas
possible de l'aimer, j'ai tout fait pour
lui !

Ce mariage que mes parents m'obligèrent de contracter, que n'ai-je pas dû
faire et subir pour en empêcher la con-

sommation ? Et tout ça pour l'amour de lui !

Je n'avais pas seize ans quand je le vis pour la première fois, et depuis je n'ai cessé un seul instant de penser à lui, et de l'aimer aussitôt qu'il l'a voulu.

Et ma récompense la voilà !

Il me préfère quelque aventurière qui lui vend les caresses et les baisers qu'elle lui donne ! Que faire ? oui, que faire ?

. . . .

Vous, mon Dieu, vous me direz de prier.
— Je n'en ai plus le courage.

Toi, la société, tu me diras : Fournis-moi des preuves et je vous séparerai !

Toi, la famille, tu me dis : Viens dans mon sein vivre seule et retirée.

Et toi, mon cœur, tu me dis d'aimer !

mais la loi est là qui me dit :

Je te le défends !

Et à mon tour enfin, je demanderai à ma tête ce qu'il faut que je fasse, — puisque tout ici-bas m'abandonne.

Puisque je ne puis plus mener qu'une vie misérable, j'obéirai à ce cri qui m'étouffe : Vengeance !

XXXI

Froidement elle se leva, s'habilla à la hâte, prit un petit sac de voyage dans lequel elle renferma plusieurs objets et sortit.

Où allait-elle ?

Les passants qui auraient vu cette femme cherchant de tous côtés une voiture vide, eussent été fort intrigués s'ils avaient pu savoir ce qui se passait dans le cœur de la malheureuse délaissée.

Elle était en proie à toutes les haines que la jalousie fait naître en nous !

Savait-elle bien elle-même ce qu'elle allait faire ?

Comprenait-elle bien la situation dans laquelle elle se trouvait ?

Était-elle réellement de sang-froid ?

Nous en doutons.

Mais la jalousie l'étreignait au cœur.

Sa gorge battait fortement sous son corsage, une sueur froide lui couvrait le corps. Elle était dans une surexcitation nerveuse impossible à décrire.

Des sons rogues lui montant à la gorge elle ne pouvait articuler une parole. Par moments sa respiration étant moins précipitée, elle laissait échapper ces mots qu'elle seule pouvait comprendre :

Comme je voudrais être morte !

Qu'il me tarde de mourir !

Enfin, elle trouva une voiture.

Elle remit un louis au cocher en lui donnant l'adresse. Et allez vite, lui dit-elle. Voilà pour votre course.

L'automédon, fort intrigué et agréablement surpris de sa générosité, flaira quelque intrigue amoureuse et fouetta fortement sa monture, qui partit au grand trot.

En moins de dix minutes, elle arriva à l'adresse indiquée.

Sans hésiter elle descendit, monta au premier étage et sonna.

M. Georges Sioul, demanda-t-elle.

— Il n'est pas ici, madame, lui répondit-on.

Et sans écouter la réponse qu'on lui faisait et à laquelle sans doute elle s'attendait, elle entra.

La bonne qui lui avait ouvert la porte, la voyant entrer précipitamment dans le salon, courut avertir sa maîtresse.

A peine était-elle entrée qu'une porte s'ouvrit et une femme à demi nue se présenta.

C'était Jouir.

A la vue de cette femme à peine en chemise, Hélène rougit, mais elle ne se laissa pas décontenancer.

— Je viens chercher mon mari ! dit-elle vivement.

— Votre mari, madame, répondit Jouir, n'est pas ici.

— Je suis sûre du contraire! Allons, où est-il?

— Je vous répète que la personne avec qui je suis n'est pas votre mari, madame.

— Nous allons bien voir!

Et rejetant loin d'elle Jouir qui semblait lui barrer le passage, elle pénétra dans la chambre d'où Jouir était sortie.

La maîtresse de Georges resta un moment comme stupéfaite de tant d'énergie et de tant d'audace.

Mais se remettant bien vite de son émotion, elle courut prévenir ses gens.

XXXII

En moins de temps qu'il n'en faut pour
le transcrire, la scène suivante se passa
entre Hélène et Georges qui se trouvait
couché dans le lit de sa maîtresse.

— Que venez-vous faire ici, dit Georges à sa femme en la voyant?

— Te maudire, répondit froidement Hélène, car c'est toi qui m'auras tuée.

Georges, prévoyant ce qui allait arriver, voulut se jeter sur Hélène; mais sa femme fut plus agile, se recula et eut le temps d'apporter à sa bouche un flacon qu'elle prit dans son petit sac et dont elle avala le contenu d'un seul trait.

Ce flacon contenait un poison très-violent, car elle tomba foudroyée.

Georges se rua sur le corps inanimé de la pauvre Hélène, qui n'était déjà plus qu'un cadavre!

Fou de douleur, au désespoir, il le couvrit de caresses et de baisers.

Instinctivement, il ouvrit son petit sac,

où il trouva un revolver chargé : il n'hésite pas, et, tout à son remords, il se fit
sauter la cervelle. . . . .

. . . .

Quand Jouir rentra, elle ne trouva que
deux cadavres.

FIN.

Paris-Imp. PAUL DUPONT, 4 Lrue Jean-Jacques-Rousseau 1393 3.76

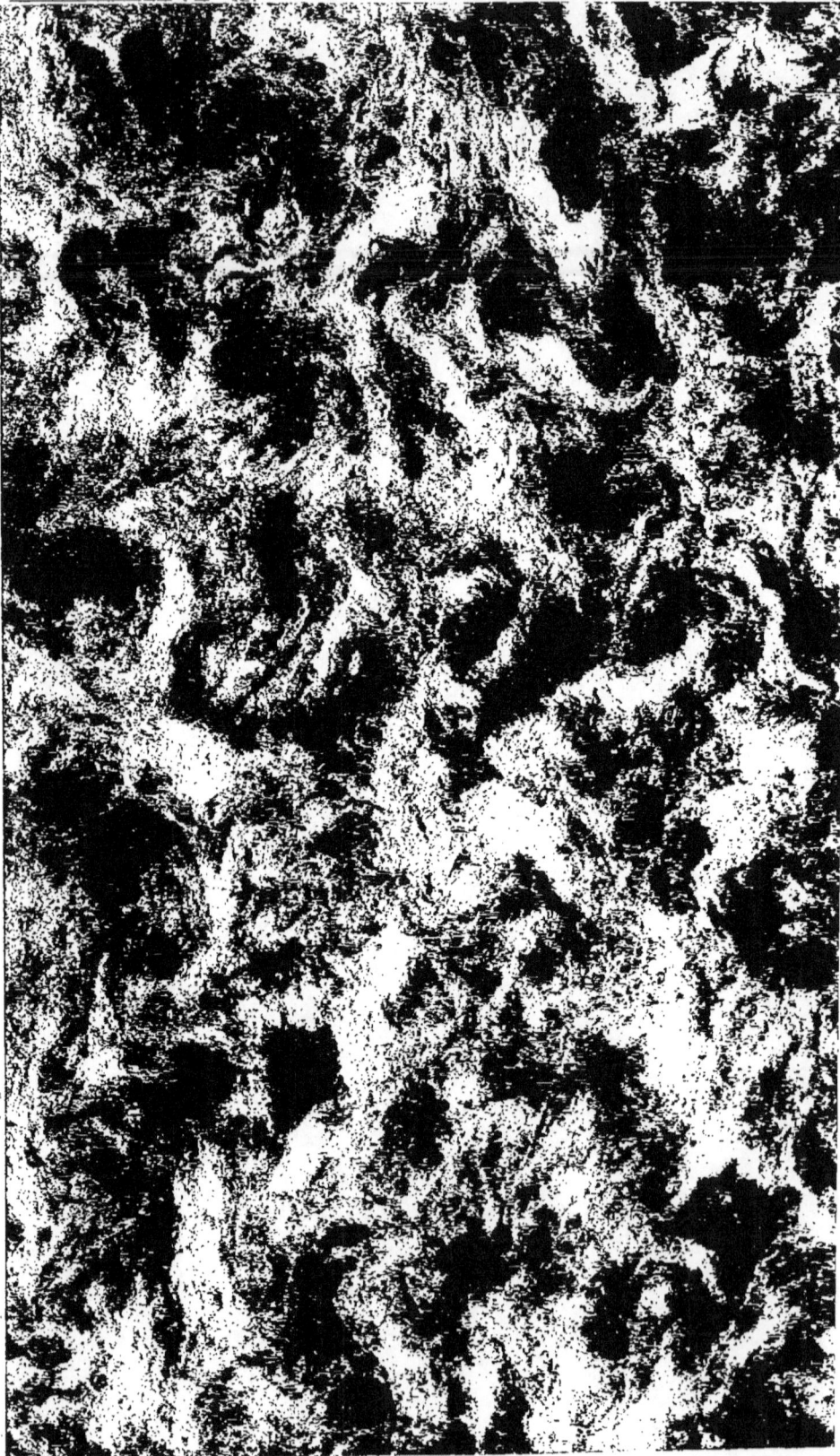

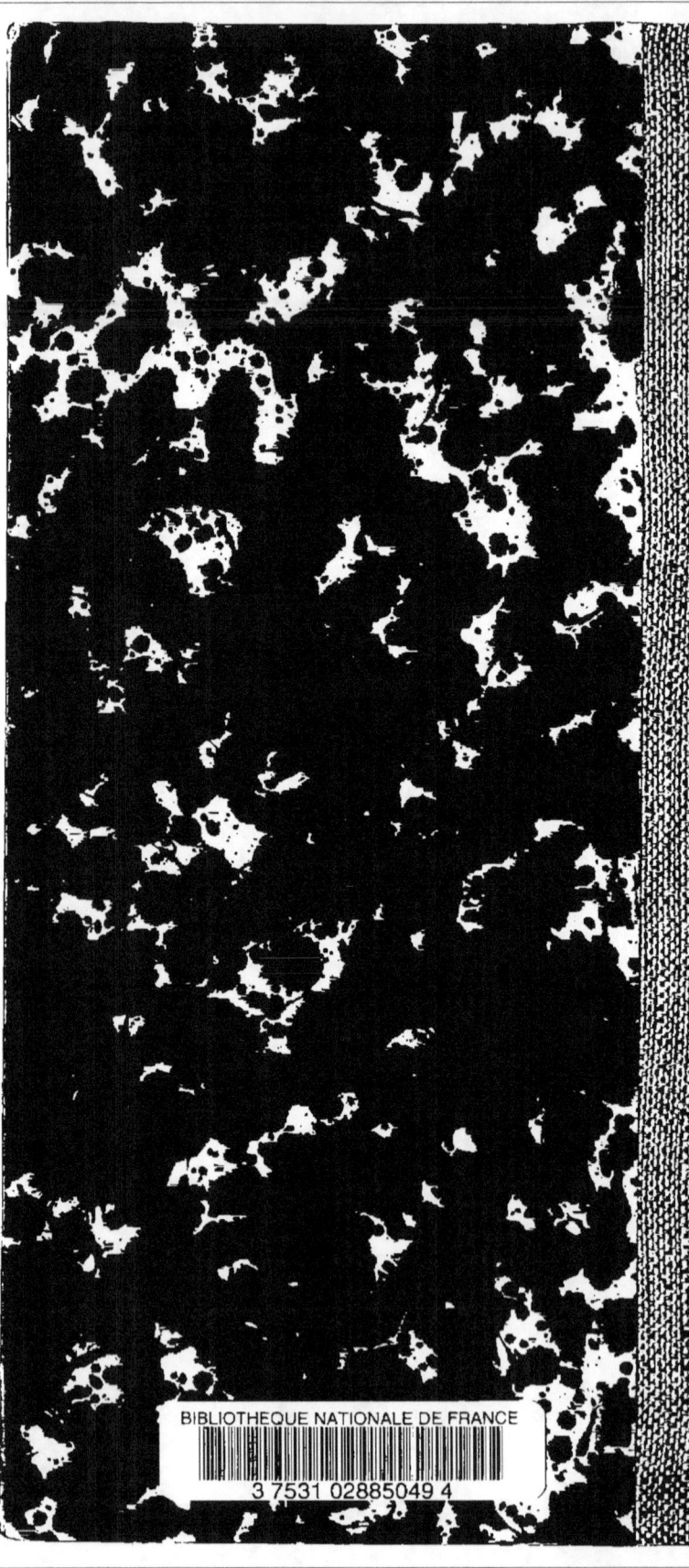